Resurrección
Tercera Parte

Por

León Tolstói

Sitio web : http://culturea.fr
Impresión: BOD - Books on Demand (Norderstedt, Alemania)
Correo electrónico : infos@culturea.fr
ISBN :9791041812639
Depósito legal : abril 2023

TERCERA PARTE

I

El convoy de forzados del que formaba parte Maslova había recorrido ya cerca de cinco mil verstas. Hasta Perm, Maslova viajó, tanto en ferrocarril como en barco, con los condenados de derecho común; solamente a su llegada a esta ciudad Nejludov consiguió que la incorporaran al grupo de los condenados políticos, siguiendo el consejo de Bogodujovskaia, quien se encontraba entre estos últimos.

Hasta Perm, el trayecto fue muy penoso para Maslova, tanto moral como físicamente. Físicamente: la suciedad y los repugnantes insectos, que no le dejaban ningún respiro; moralmente: hombres no menos repugnantes que los insectos, y aunque diferentes después de cada etapa, todos lo mismo de desvergonzados, todos tan pegajosos y sin concederle un momento de tranquilidad. La costumbre del desenfreno más cínico se había hecho tan general entre las presas, los presos, los carceleros y los soldados de la escolta, que toda mujer joven debía constantemente mantenerse en guardia si le repugnaba aprovecharse de su cualidad de mujer. Y este estado constante de temor y de lucha pesaba en Maslova, sobre todo en razón del atractivo que ejercía su encanto exterior y su pasado conocido por todos. La oposición firme y resuelta que los hombres encontraban en ella les parecía como una ofensa personal y los tornaba más hostiles aún. Sus miserias estaban sin embargo aliviadas un poco gracias a la amistad de Fedosia y de Tarass; este último, al enterarse de las molestias a que estaba sometida igualmente su mujer, había pedido acompañarla en calidad de preso, a fin de poder protegerla, y, desde Nijni Novgorod, viajaba con los condenados.

El traslado de Maslova a la sección política había mejorado su situación en todos los aspectos. Además de que los «políticos» estaban mejor alojados, mejor nutridos y sufrían un trato menos rudo, la situación de Maslova se había hecho mejor también en el sentido de que se encontraba al abrigo de los atrevimientos de los hombres y evitaba así verse obligada a cada instante a sufrir el recuerdo de un pasado que tanto deseaba olvidar. Pero la principal ventaja de este traslado consistía para ella en el hecho de haber entablado conocimiento con algunas personas llamadas a ejercer en su ánimo una feliz y decisiva influencia.

Autorizada a alojarse, durante los altos, con los condenados políticos, debía sin embargo, en su calidad de mujer en buen estado de salud, seguir a los condenados criminales; había caminado así desde Tomsk, en compañía de dos condenados políticos: María Pav1ovna Stchetinina, la hermosa joven de ojos de oveja, y un cierto Simonson, deportado de Yakuskt, aquel mismo hombre moreno, de abundantes cabellos y ojos hundidos, cuyo aspecto ya había impresionado a Nejludov en ocasión de su entrevista con Bogodujovskaia.

Maria Pavlovna iba a pie porque había cedido su puesto, en la carreta de los políticos, a una condenada criminal encinta. Simonson, por su parte, porque consideraba injusto gozar de un privilegio de casta. Estos tres condenados se ponían en marcha por la mañana, temprano, con los criminales, mientras los políticos partían más tarde, en los coches.

Las cosas habían transcurrido así hasta la última etapa, ante la gran ciudad, donde un nuevo jefe de escolta debía tomar el mando del convoy.

Era por la mañana temprano, en el mes de septiembre; la nieve alternaba con la lluvia y las borrascas de viento helado. Todos los condenados del convoy, cuatrocientos hombres y cerca de cincuenta mujeres, se encontraban en el patio de la cárcel de tránsito; un cierto número rodeaba al suboficial de la escolta que distribuía a los presos, delegados por sus camaradas, el dinero destinado a la compra de provisiones, para cuarenta y ocho horas, a las vendedoras autorizadas a penetrar en el patio de la cárcel. Se oían las voces de los que contaban el dinero y regateaban en las compras, y los gritos de las vendedoras.

Katucha y Maria Pavlovna, las dos con botas y con pellizas de piel de carnero, envuelta la cabeza en sendos pañuelos, salieron igualmente al patio y se dirigieron hacia las vendedoras, que se abrigaban contra el viento a lo largo de la pared y procuraban atraer a los clientes; vendían pastas, pescado, sopa, hígado, carne, huevos, leche; una ofrecía incluso lechón asado.

Simonson, con chaquetilla y polainas de caucho, estas últimas atadas con cuerdas sobre medias de lana (era vegetariano y no empleaba pieles de animales), aguardaba igualmente en el patio la puesta en marcha del convoy. En pie cerca de la escalinata, anotaba en su carnet un pensamiento que acababa de germinar en su espíritu:

«Si una bacteria- escribía- pudiera observar y examinar la uña del hombre, llegaría a la conclusión de que el objeto estudiado pertenece al mundo inorgánico. Lo mismo nosotros hemos llegado a esta conclusión, a propósito de nuestro planeta, examinando su corteza. ¡Es falso! »

En el momento en que Maslova, quien había comprado huevos, una ristra de rosquillas, pescado y pan fresco, colocaba sus provisiones en un saco mientras María Pavlovna pagaba a las vendedoras, se produjo un movimiento entre los presos. Todos se callaron y se alinearon. El jefe del convoy salió y dio las últimas instrucciones.

Todo transcurría como de ordinario: pasaban lista, se comprobaba la solidez de las cadenas y se emparejaba a los que debían caminar con esposas. Pero de pronto se elevaron la voz autoritaria y gruñona del oficial y el ruido producido por golpes sobre un cuerpo humano y llantos infantiles. Y después de un instante de completo silencio, un murmullo indignado que recorrió toda la muchedumbre.

II

Maria Pavlovna y Katucha se acercaron al sitio de donde procedía el ruido; vieron al oficial, un hombre fornido, de grandes bigotes rubios, que fruncía las cejas y frotaba la palma de la mano izquierda contra la mano derecha, que le escocía a causa de la violencia de la bofetada que acababa de propinar a un preso, y no dejaba de proferir juramentos groseros y obscenos. Delante de él, enjugándose con una mano el rostro ensangrentado, mientras sostenía con la otra a una niñita envuelta en un chal, y que lanzaba gritos agudos, se erguía, vestido con un corto capote carcelario y unos pantalones más mezquinos aún, un preso larguirucho y flaco con la cabeza semirrapada.

-¡Yo te enseñaré... (una palabrota obscena), yo te enseñaré a hacer comentarios...! (otra palabrota). ¡Dásela a las mujeres!- gritaba el oficial-. ¡Vamos, ponédselas en seguida!

El oficial exigía que se pusiera las esposas a aquel condenado a la deportación por el consejo rural. Desde la muerte de su mujer, en Tomsk, era él quien, durante todo el trayecto, había llevado a su hijita. La razón que había invocado de no poder hacerlo con las esposas puestas había irritado al oficial, de mal humor en aquel momento, y éste había golpeado hasta hacerle sangre al preso que no había obedecido inmediatamente (Este hecho lo cita Linev en su libro: Por etapas).

Frente al preso golpeado se mantenía un soldado de la escolta; otro condenado, de gran barba negra, metida una mano en las esposas, lanzaba de soslayo miradas hacia su camarada, el padre de la niñita. Habiendo repetido el oficial la orden de llevarse a la niña, murmullos más violentos se elevaron entre la multitud de presos que asistían a aquella escena.

-Desde Tomsk venía andando sin esposas- dijo una voz ronca en una de las últimas filas de la columna.

-Es una criatura lo que lleva, no es un perro. ¿Dónde va a poner a la niña?

-¡Es contra el reglamento!-protestó otro.

-¿Quién ha dicho eso?- gritó el oficial, como si le hubieran dado un mordisco, lanzándose sobre la multitud-. ¡Ya te enseñaré yo el reglamento! ¿Quién ha hablado? ¿Tú? ¿Tú?

-Todo el mundo lo dice, porque...- dijo un preso fornido, de anchos hombros.

No pudo acabar; con los dos puños, el oficial se puso a golpearlo en la cara.

-¿Una revuelta entonces? ¡Yo os enseñaré lo que es una revuelta! ¡Os haré fusilar como a perros! ¡Y las autoridades me lo agradecerán! ¡Llévate la niña!

Un silencio planeó sobre la multitud. La niña, que lloraba desesperadamente, fue arrancada por un soldado de los brazos de su padre, mientras otro ponía las esposas al preso, quien tendía ahora sus brazos con sumisión.

-¡Llévasela a las mujeres!-vociferó el oficial al soldado, volviéndose a colocar bien su tahalí.

La niña, sujetas las manos en su chal, procuraba sacarlas y, con el rostro congestionado, no dejaba de lanzar gritos desgarradores.

Maria Pavlovna se apartó de la multitud y se acercó al soldado que sujetaba a la niña.

-Señor oficial, permítame que la recoja yo.

El soldado se detuvo.

-¿Quién eres tú?- preguntó el oficial.

-Una condenada política.

El bonito rostro de María Pavlovna, con sus bellos ojos redondos (él ya se había fijado en ella en el momento de hacerse cargo de la dirección del convoy), impresionó visiblemente al oficial. Examinó en silencio a la joven, como si estuviera pesando el pro y el contra.

-A mí me da igual. Recójala si quiere- dijo por fin-. A ustedes les es muy fácil tenerles lástima; pero, ¿quién sería el responsable si se escaparan?

-¿Cómo iba a poder escaparse con su hija?- preguntó María Pavlovna.

-¡No tengo tiempo de discutir con usted! ¡Llévesela, si se empeña!

-¿Ordena usted que se la dé?- preguntó el soldado.

-¡Dásela!

-¡Ven conmigo!- dijo María Pavlovna con voz acariciadora.

Pero, en brazos del soldado, la niña seguía gritando, se inclinaba hacia su padre y se negaba a ir hacia la joven.

-Espere un momento, María Pavlovna; quizá se venga conmigo- dijo Maslova, sacando una rosquilla de su saco.

En efecto, el rostro ya conocido de Maslova y el señuelo de la rosquilla decidieron a la niña.

Todos se habían callado. Se abrió la puerta cochera; el convoy salió a la calle y se alineó; los soldados de la escolta contaron de nuevo a los presos, ataron los sacos y los colocaron en las carretas; luego hicieron sentarse allí a los débiles. Maslova, con la niña en brazos, fue a colocarse entre las mujeres, al lado de Fedosia. Con paso firme y resuelto, Simonson, que había asistido a toda la escena, se acercó al oficial; éste había dado todas sus órdenes y subía ya a su tarentass.

-Ha obrado usted mal, señor oficial- le dijo Simonson.

-¡Vuelva a su sitio! ¡Esto no es de su incumbencia!

-Es de mi incumbencia decirle, y se lo digo, que ha obrado usted mal- insistió Simonson, mirando fijamente al oficial con sus ojos sombreados de espesas cejas.

-¿Está todo listo? ¡En marcha el convoy!- gritó el oficial sin prestar ya atención a Simonson. Y, apoyándose en el hombro del soldado cochero, subió al tarentass.

El convoy se puso en movimiento, desenrollándose en larga columna sobre la fangosa carretera, bordeada a ambos lados por estrechas zanjas y abierta en pleno bosque.

III

Después de la existencia lujosa, confortable y fácil de aquellos seis últimos años, y los dos meses pasados en la cárcel con las presas comunes, su vida actual con los «políticos», aunque en condiciones penosas, le parecía a Katucha muy superior. Las etapas de veinte a treinta verstas, a pie, con un descanso durante el día, después de dos jornadas de marcha y una alimentación substanciosa, la fortificaban físicamente; por otra parte, el trato con nuevos camaradas le abría sobre la vida horizontes insospechados. No sólo ella no conocía, sino que ni siquiera había podido imaginar que pudiesen existir personas tan excelentes, siguiendo su propia expresión, como aquellas con las que caminaba.

«Lloraba por haber sido condenada- se decía-, pero toda mi vida tendré que darle gracias a Dios por haberme permitido conocer lo que siempre habría ignorado.»

Sin esfuerzo había comprendido los motivos que impulsaban a aquellos hombres, y, como mujer del pueblo, simpatizaba completamente con ellos. Había comprendido que ellos estaban a favor del pueblo contra los dirigentes; que ellos mismos eran privilegiados, y no por eso dejaban de sacrificar a favor de sus ideas, sus privilegios, su libertad, incluso su vida: eso la maravillaba y la entusiasmaba.

Estaba encantada con sus nuevos compañeros, pero por encima de todos admiraba a María Pavlovna y la quería con un afecto particular, a la vez respetuoso y apasionado. La impresionaba el hecho de que aquella hermosa muchacha, muy instruida, que hablaba tres lenguas, de una familia rica y de alta situación, conservase la sencillez de modales de una obrera, diese a los demás todo lo que enviaba su acaudalado hermano, llevase vestidos no solamente simples, sino pobres, y no se preocupase en absoluto de su aspecto. Esta ausencia completa de coquetería femenina asombraba y, en consecuencia, seducía más que nada a Maslova. Y se daba cuenta muy bien de que María Pavlovna sabía, a incluso le resultaba agradable saber, que era bella, y sin embargo, lejos de alegrarla la impresión que causaba en los hombres, la temía, experimentaba incluso repulsión y miedo de provocar declaraciones amorosas. Sus compañeros, conociendo sus sentimientos, aunque atraídos hacia ella, no se permitían mostrárselos y la trataban en plan de camarada; por el contrario, los demás hombres la molestaban con frecuencia; pero, como ella misma decía, se desembarazaba de ellos gracias a su fuerza física, de la que se ufanaba muy orgullosa.

-Un día- contaba riendo a Katucha-, un hombre me molestaba en la calle y no se decidía a dejarme en paz; lo zarandeé entonces con tanta fuerza, que me cogió miedo y huyó.

Se había hecho revolucionaria porque, desde la infancia, había experimentado una repulsión instintiva hacia la vida mundana. Siempre había querido a la gente del pueblo, y muchas veces la habían reñido por sus asiduidades en la repostería, en la cocina y en las cuadras.

-Sin embargo, con las cocineras y los cocheros era con quienes me sentía a mis anchas, en tanto que me aburría horriblemente con los señores y las señoras- contaba ella-. Y posteriormente, cuando empecé a comprender, me di cuenta de que nuestra vida era, en efecto, muy mala. Ya no tenía madre, a mi padre no lo quería, y a los diecinueve años abandoné la casa con una amiga y me empleé como obrera de fábrica.

Después de haber abandonado la fábrica vivió entre los mujiks, luego volvió a la ciudad y fue detenida en su alojamiento, donde se encontraba una imprenta clandestina, y la condenaron a trabajos forzados.

María Pavlovna nunca hablaba ella misma de su pasado; pero Katucha se había enterado por los demás de que la habían condenado por haberse declarado culpable de un disparo hecho en la oscuridad, durante un registro, por uno de los revolucionarios.

Katucha la conoció luego más ampliamente: en cualquier circunstancia, en cualquier situación que se encontrase, no pensaba nunca en ella misma y no tenía otro cuidado que el de acudir en ayuda de alguien y servir al prójimo. Uno de sus compañeros actuales, Novodvorov, decía bromeando «que ella se dedicaba al deporte de la abnegación». Y era verdad. Todo el interés de su vida era estar al acecho, como un cazador tras la pieza, de una ocasión de hacerse útil a los demás. Así, ese «deporte» se había convertido en un hábito y era su razón de vivir. Se entregaba a eso tan naturalmente, que los que la conocían no apreciaban ya sus servicios, sino que se los exigían.

Cuando Maslova fue trasladada a la sección de los «políticos», María Pavlovna sintió primero repulsión hacia ella. Katucha se dio cuenta; pero también vio el esfuerzo hecho por la joven para tratarla con una benevolencia y una bondad particulares. La expresión de estos últimos sentimientos, en un ser tan extraordinario, conmovió tan vivamente a Katucha, que se había entregado a ella de todo corazón, asimilando inconscientemente sus ideas a imitándola en todo.

Esta devoción de Katucha conmovió igualmente a María Pavlovna, quien le había tomado cariño a su vez. Por otra parte, la repugnancia que sentían las dos mujeres hacia el amor carnal influía también mucho en su amistad. Una odiaba aquel amor porque había experimentado todo el horror del mismo; la otra, sin haberlo conocido, lo miraba como algo incomprensible y, al mismo tiempo, repulsivo, degradante para la humanidad.

IV

La influencia de María Pavlovna sobre Katucha tenía su origen en que ésta amaba a la joven. La influencia de Simonson era distinta: procedía de que Simonson amaba a Katucha.

Todos los hombres viven y obran, en parte, según su propia iniciativa, y en parte por la influencia de las ideas de otros. Los hombres se diferencian según que sufran más o menos la influencia de sus propias ideas o la de las ideas de otros: unos hacen más a menudo de sus pensamientos un juego intelectual; para ellos la razón se convierte en una especie de rueda privada de su correa de transmisión, en tanto que en sus actos sufren la influencia de las costumbres, de las tradiciones y de las leyes; otros, por el contrario, considerando sus pensamientos como los motores principales de su actividad, siguen casi siempre las indicaciones dadas por su razón y se someten a ellas, adoptando más raramente, y después de un examen crítico, lo que ha sido pensado por los demás.

Así era Simonson. Sometía todos sus actos al control de su razón, y cumplía lo que había resuelto.

Ya de colegial había decidido que la fortuna ganada por su padre, un antiguo intendente, no era de origen puro y le había pedido restituir esa fortuna al pueblo. Pero, lejos de seguir su consejo, su padre lo había sermoneado; entonces él abandonó la casa y dejó de recurrir a los subsidios paternos. Convencido de que todo el mal existente proviene de la ignorancia popular, había entrado, inmediatamente después de su salida de la universidad, en relaciones con los miembros de1 «Partido del pueblo»; se había hecho maestro de escuela en una aldea y había predicado audazmente a sus alumnos y a los campesinos todos lo que él consideraba justo, estigmatizando todo lo que consideraba mentiroso.

Lo detuvieron y lo entregaron a la justicia.

Ante el tribunal pensó en su fuero interno que el juez no tenía derecho a juzgarlo, y así lo declaró. Pero como los magistrados siguieron adelante, decidió no responder, y opuso un mutismo absoluto a las preguntas que se le hicieron. Lo deportaron al gobierno de Arkangel. Allí se formó por su cuenta una doctrina religiosa que debía regir toda su actividad. Según esta doctrina, todo lo que existía en el universo estaba vivo, no había nada inerte. Todos los objetos que consideramos como muertos, inorgánicos, eran simplemente partes de un inmenso cuerpo orgánico que nos es imposible abarcar; por consiguiente, la misión del hombre, partícula de este gran cuerpo, consistía en mantener la vida de este organismo y de todas sus partes vivas. Por eso Simonson consideraba como un crimen el aniquilamiento de todo ser vivo: estaba contra la guerra, contra la pena de muerte, contra todo asesinato, no sólo de los hombres, sino de los animales. Tenía igualmente una concepción especial del matrimonio: la reproducción de la especie era una función inferior; era superior la de acudir en ayuda de los seres ya existentes. Encontraba la confirmación de su teoría en la función de los fagocitos de la sangre. Según él, los célibes eran esos fagocitos, cuya misión consistía en acudir en ayuda de las partes orgánicas débiles o enfermas. Y había vivido de acuerdo con esta teoría desde que la creó, aunque antes se hubiese entregado a la lujuria. Atribuía a María Pavlovna y a él mismo esta calidad de fagocitos sociales.

Su amor por Katucha no contradecía esta teoría, porque él la amaba platónicamente y consideraba que semejante amor, lejos de paralizar su actividad de fagocito, la exaltaba aún más.

Él no resolvía a su manera únicamente las cuestiones morales, sino que trataba con la misma independencia las cuestiones prácticas. Tenía para todos los actos de este orden una teoría: reglas sobre la cantidad de horas de trabajo y de reposo, sobre la manera de alimentarse, de vestirse, de encender la estufa, de alumbrarse.

Al mismo tiempo, Simonson era tan tímido como modesto. Pero, en cuanto decidía algo, nada era ya capaz de detenerlo.

Este hombre, por su amor, ejercía una influencia decisiva sobre Maslova. Por intuición femenina, ella lo había adivinado pronto, y la conciencia de que podía provocar el amor de un hombre tan extraordinario la elevaba a sus propios ojos. Nejludov le ofrecía el casamiento por generosidad y a causa del común pasado de ambos; Simonson, por su parte, la amaba tal como era ella hoy, y simplemente porque la amaba. Ella veía además que él la consideraba una mujer poco ordinaria, diferente de las otras y con altas cualidades morales. Ella no habría podido precisar qué cualidades le atribuía él, pero en cualquier caso, para no desengañarlo, aplicaba todos sus esfuerzos a poner de manifiesto las mejores facultades que podían ocurrírsele. Y eso la obligaba a ser tan perfecta como le era posible.

Estas relaciones entre los dos jóvenes habían empezado ya en la cárcel, en ocasión de las entrevistas comunes de los «políticos»; entonces ella había notado, bajo la frente bombeada y las espesas cejas de Simonson, sus ojos inocentes de un azul sombrío clavados en ella. Desde entonces había comprobado que era un hombre singular y que la miraba de una manera completamente especial; había quedado impresionada por la reunión, en un mismo rostro, de expresiones diversas: severidad, producida por los cabellos ásperos y las cejas hirsutas; bondad a infantil castidad de la mirada. Posteriormente, cuando la trasladaron junto a los políticos, en Tomsk, ella había vuelto a verlo. Y aunque ninguna palabra se hubiese cambiado entre ellos, sus miradas, al cruzarse, contenían la confesión de que no se habían olvidado y de que se interesaban mutuamente. Después, sus conversaciones tampoco fueron más significativas; pero cuando él hablaba en su presencia, Maslova comprendía que hablaba para ella y de forma que ella lo comprendiese.

Sus relaciones se hicieron más frecuentes a partir del día en que empezaron a caminar juntos entre los presos.

V

Desde Nijni Novgorod hasta Perm, Nejludov no había podido ver a Katucha más que dos veces: una vez en Nijni, antes del embarque del convoy en un buque rodeado por una red de hierro, y una segunda vez en Perm, en la oficina de la cárcel. Durante estas dos entrevistas, él la encontró reservada y de mal humor. Cuando le preguntó si no tenía necesidad de nada, ella respondió evasivamente; parecía sentirse turbada, y, en aquella turbación, Nejludov creyó ver una hostilidad que ya se había manifestado otras veces. Esta disposición taciturna, provocada por las solicitudes de los hombres, le había causado pena a Nejludov. Temió que, bajo la influencia de las condiciones penosas y corruptoras en que ella se encontraba en el curso del viaje, volviese a caer de nuevo en ese estado de desesperación y de desacuerdo consigo misma que la habría incitado a irritarse contra él, a fumar con exceso y a beber aguardiente. Pero no había podido ayudarla en nada, porque durante la primera parte del recorrido le había sido imposible verla. Hasta después del traslado de Katucha a la sección política no pudo convencerse de la falta de fundamento de sus temores; más aún, en cada entrevista había ido notando más y más, observándolos progresivamente, esos cambios interiores que tanto deseaba ver producirse en ella.

Desde su primera entrevista en Tomsk, volvió a verla tal como era antes de la partida. No había fruncido el ceño ni se había turbado al verlo; por el contrario, lo acogió con una alegre simplicidad y le dio las gracias por lo que había hecho por ella y sobre todo por haberla puesto en relaciones con hombres como sus compañeros actuales.

Después de dos meses de marchas por etapas, su aspecto exterior se había modificado también: había adelgazado y la piel se le había puesto morena; parecía como envejecida; patas de gallo se mostraban en sus sienes, y arruguitas junto a las comisuras de los labios; no llevaba ya los cabellos sobre la frente, sino que se los tapaba bajo un pañuelo anudado; y ni en sus ropas, ni en su peinado, ni en ninguno de sus modales subsistía nada de la antigua coquetería.

Este cambio progresivo alegró particularmente a Nejludov. Experimentaba ahora respecto a ella un sentimiento más profundo que nunca. Y este sentimiento no tenía ninguna relación con su primer amor poético, menos aún con la pasión sensual que había experimentado seguidamente, y ni siquiera con la conciencia del deber cumplido, unida a su propia satisfacción de haber decidido, después del juicio, casarse con Katucha. Ese sentimiento había sido simple lástima y enternecimiento, sentidos ya con ocasión de su primera entrevista con ella en la cárcel; luego, posteriormente, con una amistad mayor, cuando, dominando su repulsión, le había perdonado su supuesta aventura en la enfermería con el ayudante del cirujano, aventura de cuya falsedad se enteró más tarde; era el mismo sentimiento, con la diferencia de que entonces fue pasajero, en tanto que ahora se había hecho constante. Pensara lo que pensase, hiciera lo que hiciese, ese sentimiento de piedad y de enternecimiento, no solamente hacia ella, sino hacia todos los hombres, no le abandonaba ya.

Ese sentimiento, además, parecía abrir en el alma de Nejludov una fuente de amor que hasta entonces no había encontrado salida y que ahora se derramaba sobre todos aquellos a quienes conocía. En todo el curso del viaje sintió una exaltación que, a pesar suyo, lo tornaba compasivo y atento con todos sus semejantes, desde el cochero de posta y el soldado de la escolta hasta el jefe de la cárcel, el gobernador, todos aquellos con los que tenía algo que ver.

Una vez trasladada Maslova a la sección de los «políticos», Nejludov tuvo que entablar conocimiento con varios de los compañeros de aquélla, primero en Ekaterineburg, donde los políticos gozaban de una mayor libertad y estaban encerrados todos juntos en una gran sala; y luego, durante el trayecto, se encontró en relaciones con los cinco hombres y las cuatro mujeres a quienes habían agregado a Maslova. Y este contacto de Nejludov con los condenados políticos modificaba completamente su opinión respecto a ellos.

Desde el comienzo del movimiento revolucionario en Rusia, y sobre todo después del atentado del 1.° de marzo, Nejludov había profesado hacia los revolucionarios hostilidad e incluso desprecio. Lo que le había horrorizado primeramente había sido la crueldad y los procedimientos misteriosos, especialmente los asesinatos, a los que recurrían en su lucha contra el gobierno; lo que le repugnaba después era su presunción, rasgo común en todos ellos. Pero al verlos más de cerca, al enterarse de cuán a menudo habían sufrido injustamente, comprendía la imposibilidad para ellos de ser distintos de cómo eran.

Por terriblemente estúpidos que fuesen los sufrimientos de aquellos a quienes se llama delincuentes comunes, no por eso dejaban de ser, antes y después de su condena, objeto de una apariencia de procedimiento legal; pero en los asuntos políticos, incluso esa apariencia de legalidad faltaba; Nejludov había podido verlo por el ejemplo de Schustova y, seguidamente, por el de muchos de sus nuevos amigos. Se procedía, respecto a esta gente, como para la pesca de peces con red: lo que consiste en depositar en la orilla todo lo que se ha dejado pescar y en elegir a continuación el gran pez que se necesita, despreciando los pececillos, que se secan y perecen en el suelo. Prendían a centenares de hombres, no sólo con toda seguridad inocentes, sino que ni siquiera podían perjudicar en nada al gobierno; se les mantenía, a veces durante años, en las cárceles, donde contraían la tisis, se volvían locos o se suicidaban, y se les mantenía simplemente porque no se tenían razones inmediatas para soltarlos, y se los guardaba para dilucidar ciertos puntos de un sumario cualquiera. La suerte de todos aquellos desgraciados, con frecuencia inocentes incluso a los ojos del gobierno, estaba subordinada a la arbitrariedad, a los caprichos, a la disposición de ánimo del oficial de gendarmería o de policía, del soplón, del fiscal, del juez de instrucción, del gobernador, del ministro. Cuando uno de estos funcionarios se aburría o quería mostrar celo, detenía a gente y, según su deseo o el de sus superiores, la mantenía en prisión o la soltaba. Y, según el jefe tuviera necesidad de distinguirse o de tener tales o cuales relaciones con el ministro, los hacía deportar al fin del mundo, o los guardaba en secreto, o los enviaba a los trabajos forzados o a la muerte, a menos que los liberase a ruegos de alguna dama.

Se los trataba como a beligerantes, y naturalmente oponían los mismos medios que se empleaban contra ellos. Lo mismo que los militares están rodeados, en la opinión pública, de una atmósfera que no solamente les oculta el carácter criminal de sus actos, sino que incluso atribuye a éstos el valor de una hazaña, así, en los grupos revolucionarios, existía para los adeptos una atmósfera de opinión pública, gracias a la cual los actos crueles que cometían a riesgo de su libertad, de su vida, despreciando todo lo que es querido para el hombre, lejos de aparecérseles como condenables, les parecían por el contrario heroicos. Por eso Nejludov se explicaba este fenómeno sorprendente: hombres por lo demás dulces, incapaces de causar y ni siquiera de ver sufrimientos de seres vivos, se preparaban tranquilamente para el homicidio y reconocían, en ciertos casos, el asesinato como cosa legítima y justa, ora como medio de defensa, ora para alcanzar el objetivo supremo: el bien general. En cuanto a la alta opinión que tenían de su obra y, en consecuencia, de ellos mismos, procedía de la importancia que les atribuía el gobierno y de la crueldad de las represalias que se les aplicaban. Tenían necesidad de aquel pedestal para tener la fuerza de soportar aquello con que se les abrumaba.

Al verlos más de cerca, Nejludov se convenció de que no eran ni uniformemente feroces como algunos se imaginaban, ni uniformemente héroes, como pensaban otros, sino hombres ordinarios, entre los cuales, como en todas partes, los había buenos, malos y medianos. Unos se habían hecho revolucionarios porque consideraban como un deber luchar contra el mal existente; otros habían elegido esta actividad por razones de egoísmo y de vanidad; pero la mayoría se sentía atraída hacia la revolución por el deseo, conocido de Nejludov cuando la guerra, de desafiar el peligro y los riesgos, de poner en juego la vida, sentimientos todos propios de los seres jóvenes y enérgicos, La diferencia entre ellos y los demás hombres residía en que sus necesidades morales eran más elevadas que aquellas con las que se contentan los demás. Consideraban como obligatorio, no solamente la sobriedad, la sencillez de la vida, la franqueza, el desinterés, sino también la disposición inmediata a sacrificarlo todo, incluso su existencia, por la obra común. Así, entre estos hombres, los que estaban por encima del término medio parecían muy superiores y ofrecían el modelo de una rara elevación moral; aquellos, por el contrario, que estaban por debajo del término medio aparecían muy inferiores y presentaban a menudo el carácter de hombres falsos, hipócritas y al mismo tiempo fanfarrones y arrogantes. De este modo, entre aquellos con los que había entablado conocimiento, Nejludov estimaba a algunos y los quería de todo corazón; para con los otros no tenía más que indiferencia.

VI

Nejludov había sentido un afecto muy especial por un joven forzado político, Kryltsov, quien caminaba con aquella misma sección de la que formaba parte Katucha. Nejludov había entablado conocimiento con él en Ekaterineburg, lo había vuelto a ver después en ruta y había charlado en varias ocasiones con él.

Un día de verano, durante un alto prolongado (habían pasado juntos casi toda una jornada), Kryltsov le había contado todo su pasado y cómo se había hecho revolucionario. Su historia, hasta ser encarcelado, podía referirse en pocas palabras. Era todavía un niño cuando murió su padre, rico propietario en una provincia meridional; hijo único, había sido educado por su madre. Tenía buenas dotes, había terminado fácilmente sus estudios en el colegio y había salido con el número uno de la Facultad de ciencias matemáticas. Le habían ofrecido quedarse en la Facultad con objeto de llegar al profesorado e ir a este efecto a perfeccionarse al extranjero; pero él había vacilado. Estaba enamorado, soñaba con casarse y dedicarse a los asuntos del Zemtsvo. Tenía muchas cosas a la vista, y no se decidía por ninguna. En aquel momento, sus camaradas de la universidad le habían pedido cierta suma para la obra común. Sabía que esta obra era la revolución, por la que entonces no sentía interés alguno; pero, por camaradería y por amor propio, no queriendo dejar suponer que tenía miedo, había dado el dinero. Los que lo recibieron fueron detenidos; en casa de ellos se encontró un escrito gracias al cual se supo que el dinero lo había dado Kryltsov; lo detuvieron y lo llevaron primero al cuartelillo y luego a la cárcel.

Kryltsov, al contar su historia a Nejludov, estaba sentado sobre las tablas de su camastro, encogido el pecho, los dos codos sobre las rodillas; con sus hermosos ojos, lanzaba a veces sobre su interlocutor una mirada centelleante y febril.

-No eran muy severos en aquella cárcel; no sólo podíamos comunicarnos unos con otros dando golpecitos en la pared, sino incluso pasear por el corredor, cambiar algunas palabras, compartir las provisiones, el tabaco a incluso, por las tardes, cantar a coro. Yo tenía una bonita voz. Sí, si no hubiera sido por la gran pena de mi madre, me habría sentido muy bien en la cárcel; incluso la habría encontrado agradable a interesante. Hice conocimiento allí, entre otros, con el célebre Petrov (posteriormente, en la fortaleza, se cortó la garganta con un pedazo de cristal) y con otros. Pero yo no era revolucionario en absoluto. Allí entablé conocimiento igualmente con dos vecinos de celda. Habían sido detenidos por un mismo asunto, descubiertos como portadores de proclamas polacas, y habían sido juzgados por su tentativa de evasión en el momento en que los conducían a la estación de ferrocarril. Uno de ellos era polaco, Lozynsky; el otro, un israelita, Rozovsky. Sí... Este Rozovsky era todavía un niño. Decía que tenía diecisiete años, pero no se le podían calcular más de quince: delgaducho, bajito, vivo, con ardientes ojos negros y, como todos los judíos, muy aficionado a la música. Su voz aún estaba cambiando, pero cantaba muy bien. Sí... Yo estaba todavía en la cárcel cuando los llevaron ante sus jueces. Los llevaron por la mañana, y por la tarde ya estaban de regreso diciéndonos que los habían condenado a la pena de muerte. Nadie se esperaba aquello, vista la poca importancia de su asunto. Habían tratado simplemente de desembarazarse de su escolta sin ni siquiera herir a nadie. Y además, ¡era tan monstruoso ver ejecutar a un niño como Rozovsky!

»Todo el mundo se decía, en la cárcel, que aquélla era una simple sentencia de intimidación, pero que no sería confirmada. Al principio nos conmovimos mucho; luego nos calmamos poco a poco y nuestra vida recobró su ritmo. Sí... Pero una tarde, el guardián se acercó a mi puerta y me dijo con misterio que los carpinteros habían venido para montar la horca. Al principio, no comprendí: ¿cómo?, ¿qué horca? Pero el viejo guardián estaba tan emocionado, que al mirarlo comprendí que era para nuestros dos camaradas. Quise golpear en la pared, para ponerme en comunicación con mis vecinos; pero temí que me oyesen los condenados. Los otros camaradas se callaban igualmente; sin duda alguna, todo el mundo lo sabía. Toda la tarde, un sombrío silencio reinó en el, corredor y en las celdas. Nos absteníamos de hablar y de cantar.

»A eso de las diez de la noche, el guardián se acercó de nuevo y me confió que acababan de traer de Moscú al verdugo; luego se alejó inmediatamente. Lo llamé para seguirle preguntando, y de pronto oí a Rozovsky que me gritaba desde su celda, a través de todo el corredor: "¿Qué pasa? ¿Por qué llama usted?" Le respondí que me habían traído tabaco; pero él parecía presentir algo y me preguntó por qué no habíamos cantado ni hablado. No me acuerdo ya de mi respuesta; me apresuré a alejarme de la puerta, para interrumpir la conversación.

»Sí, fue una noche horrible. Toda la noche estuve con el oído atento a los más pequeños rumores. Al amanecer oí abrirse la puerta del corredor y numerosos pasos que avanzaban. Me acerqué a la mirilla. Una lámpara ardía en el corredor. El director pasó el primero: era un hombre alto que parecía siempre seguro de sí, resuelto. En aquel momento estaba pálido, encorvado, con aire de consternación. Iba seguido por su adjunto, ceñudo, pero de aire más descompuesto; luego, la escolta. Pasaron ante mi puerta para detenerse ante la de la celda vecina. Oí que el adjunto gritaba con una voz extraña: "¡Lozynsky, levántese usted! ¡Póngase ropa interior limpia!" Luego la puerta rechinó, y entraron en su celda; después, el paso de Lozynsky. Yo no veía más que al director. Palidísimo, abotonaba y desabotonaba su uniforme y movía los hombros. Sí... De pronto, como asustado de algo, se pegó a la pared: era Lozynsky que pasaba delante de él y se acercaba a mi puerta. ¡Un guapo muchacho! Ya usted sabe, uno de esos hermosos tipos polacos: frente ancha y recta, sombreada por abundantes y finos cabellos rubios y con unos encantadores ojos azules. Era un adolescente en todo su florecimiento primaveral.

»Se detuvo ante la mirilla de mi puerta, de forma que no distinguí más que su rostro: un rostro desencajado y color ceniza, horroroso. "Kryltsov, ¿tiene cigarrillos?" Yo iba a darle uno, cuando el adjunto del director, por miedo sin duda a retrasarse, sacó vivamente su pitillera y se la tendió. Él cogió un cigarrillo; el adjunto frotó una cerilla. Lozynsky se puso a fumar y pareció meditar. Luego, como si se acordara de algo, se puso a hablar: "¡Es cruel e injusto! No he cometido ningún crimen; yo..." Por su cuello joven y blanco, del que yo no podía apartar mis miradas, pasó un estremecimiento; y él se interrumpió...Sí... En el mismo momento, con su voz bien timbrada de judío, oí a Rozovsky gritar en el corredor. Lozynsky tiró su cigarrillo y se alejó de mi puerta. Rozovsky lo reemplazó ante la mirilla. Su rostro infantil, de negros ojos húmedos, estaba arrebolado y sudoroso. Llevaba igualmente ropa limpia, se sujetaba con la mano el pantalón demasiado ancho y temblaba. Acercó su lastimero rostro y dijo: "Anatolf Petrovich, ¿no es verdad que el médico me había recetado tisana? Estoy indispuesto y la seguiría bebiendo." Nadie respondió y, con aire inquisitivo, miraba unas veces a mí, otras al director. ¿Qué quería decir? Nunca lo he comprendido. De pronto el adjunto adoptó un aire severo y gritó con voz aguda: "¿Qué es esta broma? ¡En marcha!"

»Evidentemente, Rozovsky no comprendía lo que querían hacer con él y se fue por el corredor con un paso rápido, casi corriendo. Luego se detuvo en seco y se oyeron sus llantos y su voz penetrante. Ruidos de pasos y de lucha.

El pobre muchacho continuaba llorando y gritando. Luego, todo se amortiguó gradualmente; resonó la puerta del corredor y se hizo el silencio... Sí... ¡Y los ahorcaron! ¡Los estrangularon a los dos con cuerdas!

»Otro guardián, que lo había visto todo, me contó que Lozynsky no había opuesto ninguna resistencia, pero que en cambio Rozovsky había luchado mucho tiempo, tanto que habían tenido que arrastrarlo al cadalso y meterle a la fuerza la cabeza en el nudo corredizo. Sí... Aquel guardián era un poco tonto: "Me habían dicho, barin, que era un espectáculo espantoso. Pues no, no impresiona mucho; cuando estuvieron colgados, no hicieron más que esto con los hombros. E imitó el sobresalto de los hombros-. Luego el verdugo tiró, a fin de que el nudo, por así decirlo, estrangulase mejor. Y eso es todo. No hicieron un solo movimiento más." Eso no impresiona mucho- repitió Kryltsov reproduciendo la entonación del guardián. Y quiso sonreír, pero estalló en sollozos.

Permaneció mucho tiempo silencioso, jadeando y reprimiendo el llanto que le cerraba la garganta.

Desde entonces me convertí en revolucionario. Sí...-dijo después de haberse calmado, y acabó su relato.

A su salida de la cárcel se había afiliado al partido de « Liberadores del pueblo» a incluso había sido jefe del grupo de «desorganización», que tenía por objeto aterrorizar al gobierno, a fin de que abandonase el poder para llamar a él al pueblo. Con este designio, se dirigía bien a Petersburgo, bien al extranjero, bien a Kiev o a Odesa, y en todas partes obtenía resultados. El hombre en quien había puesto toda su confianza lo había traicionado; lo detuvieron, lo juzgaron y lo tuvieron dos años en la cárcel, condenándole a muerte, pena que le fue conmutada por la de trabajos forzados a perpetuidad.

En la cárcel había contraído la tisis, y ahora, en las condiciones en que se encontraba, no le quedaban evidentemente más que algunos meses de vida. Lo sabía y no lo lamentaba en absoluto lo que había hecho; afirmaba, por el contrario, que si dispusiera de otra vida la dedicaría a la misma causa: la destrucción de una organización social que dejaba que se realizasen hechos como aquellos de los que había sido testigo. La historia de este hombre y sus conversaciones explicaron a Nejludov muchas cosas que no comprendía antes.

VII

El día del altercado entre el jefe del convoy y los presos a propósito de la niña, Nejludov, que se había alojado en el albergue, se levantó tarde; había dedicado además la mayor parte de la mañana a las cartas que preparaba para el centro principal de la provincia; por lo que, puesto en camino más tarde que de costumbre, no había podido alcanzar al convoy durante la ruta, como lo hacía generalmente, y llegó a la caída de la tarde al pueblo donde el convoy se había detenido, para un alto.

Aquí, el albergue estaba regido por una viuda, una mujer de cuello blanco y muy grueso. Nejludov, después de haber tomado el té en la habitación reservada para los huéspedes de calidad y adornada con numerosos iconos y cuadros, se apresuró a ir a ver al jefe del convoy para pedirle que lo autorizara a comunicarse con los presos.

Durante las seis etapas precedentes, los jefes de convoy, aunque cambiados en cada etapa, habían negado uniformemente a Nejludov el acceso a la cárcel de tránsito, de forma que hacía ya más de una semana que no había podido ver a Katucha. Esta severidad se debía a que se esperaba el paso de un alto funcionario de la administración penitenciaria. Ahora que éste había pasado sin inspeccionar nada, Nejludov esperaba obtener del oficial que había tomado el mando por la mañana, como lo había obtenido de sus colegas, autorización para ver a los presos.

La patrona del albergue ofreció a Nejludov un tarentass para trasladarse hasta la cárcel de tránsito, situada al otro extremo del pueblo; pero él prefirió dirigirse allí a pie. Un muchacho joven, hércules de anchos hombros, con enormes botas recién embreadas, empleado en el albergue, le propuso conducirlo hasta allí. Caía la escarcha y había tanta oscuridad, que a tres pasos Nejludov no distinguía ya a su compañero; en cuanto la luz dejaba de filtrarse por las ventanas, no oía más que el chapoteo de las botas del campesino en un fango espeso y pegajoso. Después de haber atravesado una plaza donde se alzaba una iglesia y cogido por una larga calle bordeada de casas con ventanas iluminadas, Nejludov, en pos de su guía, se encontró en la extremidad del pueblo, en una oscuridad completa. Pero pronto, allí también, divisó el resplandor de los faroles en la niebla. Las manchas rojizas se alargaban y alumbraban cada vez más. Empezó a distinguir los postes del recinto, la silueta negra de un centinela que hacía guardia caminando de arriba abajo y de abajo arriba, los mojones pintados a rayas y la garita.

El centinela lanzó su reglamentario «¡Alto!, ¿quién vive?» Y al enterarse de que eran desconocidos, llevó la severidad hasta el extremo de no permitirles ni siquiera aguardar cerca del vallado. Pero esto no consiguió turbar lo más mínimo al guía de Nejludov.

-¡Vamos, muchacho, qué desconfiado eres!- le dijo-. ¡Vamos, llama a un cabo y esperaremos!

Sin responderle, el centinela gritó algo por la puertecita del patio, y luego se puso a mirar con atención cómo, a la luz del farol, el robusto muchacho se las ingeniaba para desembarrar, con la ayuda de un trozo de madera, las botas de Nejludov. Detrás de la valla se oía un ruido de voces masculinas y femeninas. Tres minutos después sonaron los cerrojos de la puertecita y ésta se abrió; un cabo, el capote echado sobre los hombros, surgió de la penumbra a la zona iluminada por la luz del farol y preguntó qué querían. Nejludov le entregó su tarjeta de visita en la que previamente había escrito algunas palabras rogando al oficial que lo recibiese para un asunto personal.

El cabo era menos severo que el centinela, pero, en compensación, muy curioso. Se empeñaba en saber para qué quería el príncipe ver al oficial, porque evidentemente husmeaba algún beneficio y no quería perder la ocasión. Nejludov le dijo que se trataba de un asunto particular, le pidió que hiciese el favor de transmitir su mensaje y le aseguró que sabría agradecérselo. El otro cogió la tarjeta y se alejó después de una señal de aquiescencia con la cabeza. Algunos instantes después, la puertecita rechinó de nuevo y salieron mujeres cargadas de cestos, de jarras de leche y de sacos. Hablando ruidosamente en su idioma siberiano, una a una cruzaban la puerta. Iban todas vestidas no de campesinas, sino con abrigo y pelliza de ciudad; tenían arremangadas las faldas, y las cabezas envueltas en pañuelos. A la luz del farol miraban con curiosidad a Nejludov y a su guía. Una de ellas, evidentemente contenta por encontrarse con el muchacho de anchos hombros, le lanzó inmediatamente una imprecación afectuosa.

-¿Qué demonios haces tú por aquí?-le preguntó ella.

He traído a un viajero. ¿Y tú, qué llevabas?

Leche; esta mañana me dijeron que la trajera.

-¿Y no te han dejado pasar la noche?

-¡Qué sinvergüenza eres, barbián!- gritó ella riendo-. ¡Vamos, acompáñanos hasta el pueblo!

El muchacho le lanzó una réplica que hizo reír no solamente a las mujeres, sino también al centinela; luego, volviéndose hacia Nejludov, le preguntó:

-¿Sabrá usted volver solo? ¿No se perderá?

-Vete tranquilo, ya sabré.

-Cuando haya usted pasado la iglesia, después de la casa de dos pisos, será la segunda a la derecha. Y quédese con mi cachiporra- dijo, entregando a Nejludov un bastón más largo que un hombre; luego, haciendo resonar sus enormes botas, desapareció en las tinieblas, en compañía de las mujeres.

Mezcladas a las de éstas, su voz se oía aun cuando la puertecita rechinó de nuevo; el cabo salió a invitó a Nejludov a seguirlo al cuarto del oficial.

VIII

El edificio de la cárcel de tránsito estaba construido según el modelo de todos los que jalonan la gran ruta de Siberia. En el patio, rodeado de una empalizada de afilados postes, había tres construcciones de un piso: una, la mayor, de ventanas con rejas, estaba reservada para los presos; la segunda, para la escolta, y la tercera, para el oficial jefe del convoy y para la oficina. Las tres casas estaban iluminadas en ese momento, y esas luces, como siempre, y sobre todo aquí, daban la ilusión de algo bueno, íntimo y caliente. Ante las escalinatas brillaban unos faroles, y otros cinco, colgados de las paredes, iluminaban el patio.

Siguiendo una plancha colocada en tierra, el cabo condujo a Nejludov al alojamiento del oficial. Después de haber franqueado los tres peldaños de la escalinata, se apartó ante el príncipe y lo hizo entrar en un vestíbulo alumbrado por una lamparita humeante. Cerca de la estufa, un soldado en mangas de camisa, con corbata y pantalón negros, se había quitado una de sus polainas y se servía de ella como de un soplillo para activar el fuego del samovar. Al divisar a Nejludov, suspendió su trabajo, lo ayudó a quitarse su chaquetón de cuero y entró en la estancia contigua.

Ya ha llegado, mi teniente.

-Bueno, hazlo entrar- respondió una voz regañona.

-Entre usted- dijo el soldado, volviendo a cuidarse de su samovar.

En la segunda habitación, alumbrada por una lámpara colgante, ante una mesa cargada con los restos de una cena y de dos botellas, estaba sentado el oficial; un dulimán austríaco moldeaba su ancho pecho y sus hombros, y grandes bigotes rubios cortaban su rostro, muy rojo. En la estancia, demasiado calurosa, un tufillo de tabaco se mezclaba a un violento olor a colonia barata.

A la vista de Nejludov, el oficial se levantó y clavó en él una mirada medio burlona, medio suspicaz.

-¿Qué desea usted?-dijo. Y, sin esperar la respuesta, gritó hacia la puerta-: ¡Bernov! ¿Cuándo estará listo el samovar?

-¡Al instante!

-Voy a darte tantos al instante, que te vas a acordar mucho tiempo- gritó el oficial con un relámpago en la mirada.

-Ya lo llevo.

Y el soldado entró con el samovar.

Nejludov esperó a que el soldado lo hubiese colocado sobre la mesa. El oficial, espiando a éste con sus ojillos malignos como si lo enfilara y buscase el sitio donde golpearle, preparó el té; luego sacó de su maletín un frasco cuadrado y bizcochos. Habiendo colocado todo sobre el mantel, se volvió hacia Nejludov:

-Bueno, ¿en qué puedo servirle?

-Desearía que me autorizase a ver a una presa- dijo Nejludov, todavía en pie.

-¿Es una política»? El reglamento lo prohíbe.

-Esa mujer no es una condenada política.

-Pero, siéntese usted, se lo ruego- dijo el oficial.

Nejludov se sentó.

-No es una «política»-explicó - , pero, a instancias mías, la autoridad superior le ha permitido hacer la ruta con la sección política...

-¡Ah, sí, ya sé!- interrumpió el oficial-. ¿Una bajita, morenita? Bueno, eso sí es posible. ¿Quiere usted fumar?

Tendió a Nejludov una lata de cigarrillos y, después de haber llenado con cuidado dos vasos de té, alargó uno a Nejludov.

Tome usted.

-Gracias. Desearía verla cuanto antes.

-Pero la noche es larga; tendrá usted tiempo de sobra. Diré que la traigan.

-¿No sería posible ir a verla donde está?

-¿En la sección de los políticos? Es contrario al reglamento.

-Ya me han autorizado varias veces. Si se teme que yo entregue algo, podría hacerlo también por conducto de ella.

-¡Ah, no, a ella la registrarán!- dijo el oficial con una risa desagradable.

-Pues entonces, que me registren a mí.

-Bueno, no hará falta- dijo el oficial inclinando el frasco, una vez que le quitó el tapón, encima del vaso de Nejludov-. ¿Quiere usted? ¿No? Como guste. Cuando se vive en esta Siberia, se recibe siempre una alegría al encontrar a un hombre de mundo; usted sabe cuán triste es nuestro servicio. Y cuando se está acostumbrado a otra cosa, resulta verdaderamente muy penoso. Sin embargo, nosotros, los oficiales de convoyes, pasamos por ser hombres groseros, ignorantes, sin que a nadie se le ocurra pensar que quizás uno había nacido para una ocupación completamente distinta.

El rostro carmesí del oficial, sus perfumes, su sortija, y particularmente su risa desagradable, disgustaban a Nejludov; pero, aquella noche, como durante todo su viaje, se encontraba en esa disposición de espíritu seria y reflexiva que no le permitía tratar a nadie con ligereza y desprecio; juzgaba necesario hablar a cada hombre con el corazón en la mano, como decía él mismo. Después de haber escuchado al oficial y comprendido su estado de ánimo, le dijo gravemente:

-Creo que, incluso en la función de usted, se puede intentar un consuelo aliviando los sufrimientos de los presos.

-¿Y cuáles son sus sufrimientos? ¡Es una ralea tal...!

-¿Por qué una ralea?- preguntó Nejludov-. Son hombres como los demás. Incluso hay inocentes entre ellos.

-Desde luego, los hay de todas clases. Y uno les tiene lástima. Otros no dejan pasar nada; pero yo, siempre que puedo, trato de aliviarlos. Otros, a la menor cosa.., el reglamento e incluso el fusilamiento. Por mi parte, tengo piedad... ¿Quiere usted? Tome, entonces- dijo, sirviendo un nuevo vaso de té-. ¿Y qué es esa mujer a la que usted quiere ver?

-Es una desgraciada caída en una casa pública y allí falsamente acusada de envenenamiento. Sin embargo, es una mujer muy buena.

El oficial meneó la cabeza con aire compasivo.

-Sí, son cosas que pasan. Mire usted, había una en Kazán que se llamaba Emma. Húngara de origen y con verdaderos ojos de persa- dijo, sonriendo ante ese recuerdo-, y chic, como una verdadera condesa...

Nejludov interrumpió al oficial para volverlo a llevar a la idea primera.

-Creo que usted puede aliviar la situación de estos hombres mientras están bajo su mando. Y estoy seguro de que al obrar así experimentaría usted una gran satisfacción-dijo Nejludov, procurando pronunciar aquellas palabras lo más claramente posible, como se habla cuando se dirige uno a extranjeros o a niños.

El oficial miraba a Nejludov con sus brillantes ojillos y, con visible impaciencia, esperaba que terminase para reanudar el relato de su húngara con ojos de persa, que, sin duda alguna, lo tenía obsesionado y absorbía toda su atención.

-Desde luego, es verdad- dijo-; por eso les tengo lástima. Pero lo que quería contarle a usted a propósito de esa Emma es que en una ocasión...

-Es cosa que no me interesa- dijo Nejludov-. E incluso le diré a usted francamente que aunque yo haya sido muy distinto en otros tiempos, hoy detesto esa manera de considerar a la mujer.

El oficial miró a Nejludov con estupefacción.

-¿Otro poco de té?-dijo.

-No, gracias.

-¡Bernov- gritó el oficial-, lleva al señor a Valculov! Dile que deje entrar al señor en la celda de los «políticos», donde podrá permanecer hasta la hora de retreta.

IX

Acompañado del asistente, Nejludov volvió a salir al patio oscuro, débilmente iluminado por la luz rojiza de los faroles.

-¿Adónde vas?- preguntó un soldado al ordenanza.

-A la sala número cinco.

-No podrás pasar por aquí: está cerrado con llave; hay que entrar por la otra escalinata.

-¿Y por qué está cerrado?

Ha cerrado el suboficial y se ha marchado al pueblo.

-Por aquí, entonces. Siguiendo la pista de planchas, el soldado condujo a NejIudov hacia la escalinata de otra entrada. Desde el patio se oía un bordoneo de voces y el rumor de la agitación interior, como cerca de una colmena en pleno trabajo. Cuando Nejludov se aproximó y la puerta se abrió, aquel rumor creció aún más y oyó un tumulto de voces que se apostrofaban, se injuriaban, gritaban; a ese ruido se mezclaban los tintineos variables y cambiantes de las cadenas, en tanto que el pesado tufo que se había hecho familiar para Nejludov le golpeaba en la nariz.

Estas dos impresiones, el ruido sordo de las voces mezclado al tintineo de las cadenas y aquel olor horrible provocaban en Nejludov un solo y único sentimiento penoso, una especie de desfallecimiento moral que llegaba hasta las náuseas físicas. Y esas dos sensaciones se confundían para reforzarse una a otra.

Al entrar en el vestíbulo donde estaba colocado un tonel hediondo, la primera cosa que vio Nejludov fue a una mujer sentada al borde mismo de la cubeta. Frente a ella estaba un hombre, la gorra, en forma de plato, puesta de lado en su rapada cabeza. Los dos hablaban en voz baja. Al divisar a Nejludov, el preso le guiñó un ojo y dijo:

-Hasta el zar tiene que hacerlo.

La mujer dejó caer los faldones de su capote y bajó los ojos.

Al vestíbulo daba un corredor en el que se abrían las puertas de las celdas. La primera era la de las parejas casadas, luego seguía una gran sala para los solteros y, al extremo del corredor, dos celdas pequeñas para los condenados políticos. El edificio de la cárcel de tránsito, preparado para ciento cincuenta hombres, contenía cuatrocientos cincuenta, y estaba tan abarrotado, que los presos, no habiendo encontrado sitio en las celdas, llenaban el corredor. Unos estaban sentados o acostados en el suelo; otros iban y venían con teteras vacías o llenas de agua caliente.

Entre ellos se encontraba Tarass. Corrió detrás de Nejludov y lo abordó con afectuosa solicitud. La bondadosa cara de Tarass estaba llena de cardenales y tenía un ojo hinchado.

-¿Qué te pasa?- preguntó Nejludov.

-He tenido un asuntillo- dijo Tarass sonriendo.

-No hacen más que pelearse- dijo el asistente con desdén.

-Es a causa de su mujer- añadió un preso que caminaba detrás de ellos-. Se ha pegado con Fedka, el tuerto.

-¿Cómo está Fedosia?- preguntó Nejludov. '

-Está bien; le llevo agua caliente para el té- respondió Tarass, entrando en la celda de los presos casados.

Desde la puerta, Nejludov lanzó un vistazo: toda la sala estaba llena de mujeres y de hombres, sobre los camastros o debajo. Las ropas mojadas que habían puesto a secar despedían un espeso vapor, y las voces de las mujeres formaban una algarabía ininterrumpida.

La celda siguiente, la de los solteros, estaba más abarrotada aún; la ruidosa muchedumbre se desbordaba hasta el corredor y se agitaba con sus mojadas ropas. El ordenanza explicó a Nejludov que el preso más antiguo entregaba a los croupiers, a cambio de fichas, el dinero destinado a las provisiones y prematuramente perdido por los jugadores. A la vista del ordenanza y del «señor», los más próximos se callaron y examinaron a los intrusos con miradas malévolas. Entre los distribuidores, Nejludov distinguió a Fedorov, el forzado al que conocía y que llevaba siempre cerca de él a un lastimoso jovencito, pálido y abotagado, de cejas fuertemente arqueadas; vio también a un repulsivo vagabundo de rostro marcado por la viruela, sin nariz; como sabían todos, durante una evasión por la taiga, había matado a su camarada para alimentarse con su carne. Se mantenía en el corredor con el mojado capote echado sobre los hombros, y, con aire burlón a insolente, miraba a Nejludov, sin apartarse para dejarle paso.

Nejludov le dio un rodeo.

Por familiar que le resultara aquel espectáculo, por frecuentemente que, durante aquellos tres meses, hubiese visto a los cuatrocientos presos comunes en circunstancias distintas: bajo el calor, en la nube de polvo levantada por sus cadenas, durante las paradas a lo largo del camino, durante los altos; en el patio, donde transcurrían libre y abiertamente escenas de desenfreno; cada vez que aparecía entre ellos y sentía, como ahora, que fijaban en él su atención, experimentaba una vergüenza escocedora y tenía conciencia de su culpabilidad para con ellos. Y este doble sentimiento de vergüenza y de culpabilidad le parecía más penoso aún por el hecho de que se mezclaba al mismo una insuperable sensación de repugnancia y de horror. En la situación en que estaban, sabía él que no podía ser de otra manera, y, sin embargo, no podía dominar la repulsión que le inspiraban.

-¡Buena vida se dan los holgazanes!-dijo una voz ronca que profirió además una palabrota obscena en el momento en que Nejludov se acercaba a la puerta de la sección política.

A aquello, los presos respondieron con una risotada que resonó maligna y burlona.

X

Después de haber rebasado la celda de los solteros, el suboficial que guiaba a Nejludov le dijo que volvería a buscarlo después del toque de retreta. Apenas se había alejado, cuando un preso, descalzo, recogiendo sus cadenas con las manos, corrió hacia Nejludov, se colocó muy cerca de él, exhalando el acre tufo de su sudor, y le sopló misteriosamente al oído:

-¡Venga en nuestra ayuda, barin! Han engañado completamente al muchacho; lo emborracharon, y esta mañana, al pasar lista, durante el relevo del mando del convoy, ha respondido en el sitio y lugar de Karamanov. ¡Venga en su ayuda! ¡Nosotros no podemos, nos matarían!- y el preso, mirando con inquietud en torno de él, se alejó inmediatamente.

He aquí de qué se trataba: el forzado Karamanov había persuadido a un preso que se le parecía y que iba simplemente deportado a que hicieran el cambio de sus respectivas penas: el forzado se convertiría en deportado y el deportado iría a reemplazar al otro en los trabajos forzados.

Nejludov conocía ya aquel asunto, porque el mismo preso lo había informado ocho días antes. Hizo señas de que había comprendido y de que haría lo que le fuera posible; luego, sin volverse, prosiguió su camino.

Nejludov había visto por primera vez en Ekaterineburg a aquel preso que le había rogado que obtuviese para su mujer la autorización para seguirlo. Era un hombre de estatura mediana, con aire de campesino ruso ordinario, de unos treinta años, condenado a trabajos forzados por tentativa de asesinato que tenía por móvil el robo. Se llamaba Makar Dievkin. Su crimen era bastante extraño. Según Makar, no era acción de él mismo, sino del «espíritu maligno». Le había contado a Nejludov que un viajero había ido a casa de su padre y le había alquilado por dos rublos un trineo para dirigirse a un pueblo que estaba a una distancia de 40 verstas; Makar debía llevarlo allí. Había enganchado el caballo, se había preparado para la partida y se había puesto a beber té en compañía del viajero. Éste le había contado que iba a casarse y que llevaba encima quinientos rublos que había ganado en Moscú. Al oír esta noticia, Makar había salido al patio y había escondido un hacha bajo la paja del trineo.

-Ni yo mismo sabía por qué cogía el hacha- contaba-. « ¡Coge el hacha! », me dijo él, y la cogí. Subimos, el trineo se puso en marcha, avanzábamos. La cosa va bien. Yo me había olvidado completamente del hacha. Pero he aquí que nos acercamos al pueblo. Quedaban todavía unas seis verstas; antes de la unión del camino vecinal con la carretera, hay una cuesta arriba. Bajé del trineo y caminé al lado. Y él me soplaba: «¿En qué piensas? En lo alto de la cuesta, la carretera está llena de transeúntes. Después viene el pueblo, y él se llevará el dinero. Si quieres hacerlo, no debes vacilar.» Entonces, me agaché hacia el trineo como para arreglar la paja, y he aquí que el hacha se me viene sola a las manos. El viajero se volvió: «¿Qué pasa?», dijo. Blandí el hacha, con la intención de matarlo; pero el hombre saltó vivamente del trineo y me agarró los brazos. «¿Qué estás haciendo, bandido...?» Me derribó en la nieve. Yo ni siquiera luchaba y dejaba que hiciera conmigo lo que quisiese. Me ató las manos con su cinturón, me echó al trineo y me condujo directamente al cuartelillo. Me encarcelaron y me juzgaron. En mi aldea dieron de mí buenos informes; mi patrón habló también de mí en buenos términos; pero yo no tenía para pagar a un abogado. Así, pues, me condenaron a cuatro años- concluyó Makar.

Y he aquí que este hombre, queriendo salvar a uno de sus paisanos y sabiendo que al hacer esa comunicación se jugaba la vida, revelaba sin embargo a Nejludov el secreto de los presos. Si éstos se hubiesen enterado, con seguridad lo habrían estrangulado.

XI

El local de los « políticos» se componía de dos pequeñas celdas, cuyas puertas se abrían a la parte del corredor separada por un tabique. Después de haberlo franqueado, Nejludov divisó primeramente a Simonson, con un leño en la mano, acurrucado ante la portezuela de la estufa.

Al ver a Nejludov, sin levantarse y mirándolo por debajo de sus espesas cejas, le tendió la mano.

-Me alegro mucho de verlo, porque tengo necesidad de hablarle- dijo con tono expresivo mirando a Nejludov derechamente a los ojos.

-¿De qué se trata?

-Un momento. Ahora estoy ocupado.

Y Simonson volvió a dedicarse a su estufa, que él calentaba según su teoría particular, basada en la menor pérdida posible de energía calorífica.

Nejludov iba a franquear la primera puerta, cuando, de la de enfrente, salió Maslova, encorvada, con una escoba en la mano, empujando delante de ella un montoncito de basura y de polvo. Iba con camisola blanca, la falda arremangada dejando al descubierto sus medias; la cabeza la tenía envuelta hasta las cejas en un pañuelo para resguardarse del polvo. Al ver a Nejludov, se enderezó, arrebolada y animada, soltó la escoba, se secó las manos en la falda y se detuvo erguida delante de él.

-¿Está usted haciendo limpieza?- preguntó Nejludov, tendiéndole la mano.

-Sí, mi ocupación de otros tiempos- respondió ella con una sonrisa-. Y hay una suciedad tal que parece inconcebible. Ya hemos limpiado y requetelimpiado...-Luego, dirigiéndose a Simonson-: Y la manta, ¿está ya seca?

-Casi- respondió Simonson lanzándole una mirada especial que extrañó a Nejludov.

-Entonces, voy a buscarla y llevaré las pellizas a secar. Los nuestros están todos por aquí- dijo ella a Nejludov señalándole la puerta más próxima y dirigiéndose por su parte hacia la más alejada.

Nejludov abrió y entró en una habitacioncita débilmente alumbrada por una lamparilla de hierro colocada sobre un camastro. Hacía frío allí y se respiraba el polvo levantado por el barrido, y el olor a humedad y a tabaco. La lámpara arrojaba una viva luz sobre lo que la rodeaba, pero las camas permanecían sumidas en la oscuridad, y sobre las paredes, las sombras bailaban indecisas.

Todo el grupo estaba reunido, excepto dos hombres encargados del aprovisionamiento, que habían ido a buscar. Estaba allí la antigua conocida de Nejludov, Vera Efremovna, más delgada y más amarilla que nunca, con sus grandes ojos pasmados, una vena saliente en el entrecejo, los cabellos cortos y vestida con una camisola gris. Permanecía sentada ante un periódico abierto, sobre el cual había tabaco desparramado, y, con movimientos convulsivos, iba llenando tubos de cigarrillos.

Estaba allí también una condenada política a la que Nejludov veía con el mayor placer: Emilia Rantseva, encargada del arreglo interior y que, en las condiciones más penosas, sabía dar a todo una intimidad femenina llena de atractivo. Se sentaba cerca de la lámpara, con las mangas arrezagadas, y con sus bellas manos morenas enjugaba y colocaba con agilidad los vasos y las tazas sobre el camastro, donde había una toalla extendida a modo de mantel. Aquella joven no era bonita, pero su rostro inteligente y dulce tenía la facultad de transformarse en una sonrisa abierta y seductora. Con esa sonrisa acogió a Nejludov.

-Ya creíamos que se había vuelto a Rusia- le dijo ella.

En un rincón apartado y oscuro estaba también María Pavlovna, cuidándose de una niñita de cabellos de un rubio muy claro que no dejaba de balbucear con su encantadora voz infantil.

-Ha hecho usted muy bien en venir. ¿Ha visto usted ya a Katucha?- preguntó a Nejludov-. Mire la invitada que tenemos- añadió, señalando a la niñita.

También estaba presente Anatolii Kryltsov. Enflaquecido, pálido, calzado con botas de fieltro endurecido, encorvado y tembloroso, se acurrucaba al filo de un camastro; metidas las manos en las mangas de su pelliza, miraba a Nejludov con ojos febriles.

Este tenía la intención de acercársele. Pero se apresuró primero a tenderle la mano a un hombre de cabellos rojos e hirsutos, con gafas y vestido con una chaqueta de hule. Era el famoso revolucionario Novodvorov, quien, a la derecha de la puerta, rebuscaba en un saco, sin dejar de hablar con la bonita y sonriente Grabetz. Nejludov se había apresurado a saludarlo porque, de todos los condenados políticos de aquella sección, era el único que le resultaba antipático. Novodvorov, por encima de sus gafas, le lanzó una mirada con sus azules ojos y, frunciendo las cejas, le tendió su estrecha mano.

-¿Qué, sigue usted viajando agradablemente?- le preguntó con tono de burla.

-Sí, hay muchas cosas interesantes- replicó Nejludov, fingiendo no haber notado la ironía y dirigiéndose hacia Kryltsov.

Aunque Nejludov se mostrase indiferente a aquellas palabras, en realidad la intención de Novodvorod de serle desagradable no dejaba de turbar la buena disposición en que se encontraba. Y se sintió como entristecido.

-Bueno, ¿cómo va esa salud?- preguntó a Kryltsov estrechándole su mano fría y temblorosa.

-Vamos tirando. Pero no consigo calentarme; me he riojado- respondió Kryltsov volviendo a meter vivamente la mano en la manga de su pelliza-. Y aquí hace un frío de perros. Los cristales están rotos.- Indicó en la ventana dos agujeros que se abrían tras la reja de hierro. ¿Cómo es que no ha venido usted antes?

No me lo permitían: severidad de los jefes. Solamente hoy he podido encontrar a un oficial amable.

-Sí, sí, amable... ¡Que se cree usted eso! Pregúntele a María Pavlovna lo que ha hecho esta mañana el tal oficial.

María contó desde el principio la escena de por la mañana, a la partida del convoy.

-A mi juicio, habría que dirigir una protesta colectiva-dijo con voz resuelta Vera Efremovna, no sin mirar con vacilación y como con espanto, ora a uno, ora a otro de sus compañeros-. Vladimir Simonson lo ha hecho, pero eso no basta.

-¿Otra protesta más?- dijo Kryltsov con tono de malhumor.

Por lo visto, la afectación y el nerviosismo de Vera Efremovna lo irritaban desde hacía ya algún tiempo.

-¿Busca usted a Katucha?- preguntó él a Nejludov-. No hace más que trabajar. Ha limpiado ya esta celda de los hombres, y ahora está en la de las mujeres; pero por más que haga, no podrá barrer las pulgas que nos devoran. ¿Y María Pavlovna, qué hace tan alejada?- preguntó, señalando con la cabeza el rincón donde se encontraba la muchacha.

-Está peinando a su hija adoptiva- respondió Rantseva.

-¿No nos va a llenar a todos de piojos?- preguntó Kryltsov.

-No, no, lo estoy haciendo con cuidado. Ahora está muy limpita- dijo María Pavlovna. Y, dirigiéndose a Rantseva-. Tenla tú. Yo iré a ayudar a Katucha. Al mismo tiempo traeré la manta.

Rantseva cogió a la niña y, con ternura maternal, apretando los gordezuelos y desnudos bracitos de la pequeña, se la colocó en las rodillas y le dio un terrón de azúcar.

María Pavlovna salió a inmediatamente después entraron dos hombres trayendo las provisiones y el agua caliente.

XII

Uno de ellos era un jovencito bajo y delgado, con pelliza de piel de carnero y botas altas. Avanzaba con paso ligero y rápido, portando dos grandes teteras llenas de agua humeante y sujetando bajo el brazo un pan envuelto en una servilleta.

-¡Vaya, he aquí de vuelta a nuestro príncipe!- dijo colocando las teteras en medio de las tazas y entregando el pan a Rantseva-. ¡Cuántas cosas buenas hemos comprado!- añadió, quitándose la pelliza, que lanzó luego sobre una cama, por encima de las cabezas-. Markel ha comprado leche y huevos: es un verdadero banquete, Y aquí tenemos a Rantseva, que sabe arreglarlo todo con limpieza y con estética- dijo, mirando a aquella mujer con una sonrisa llena de simpatía-. Vamos, ya se puede hacer el té.

Todo en aquel hombre: su aspecto exterior, sus movimientos, el timbre de su voz, su mirada, respiraba vigor y alegría.

Su compañero, también de baja estatura, huesudo, de pómulos salientes en su rostro hinchado y gris, con bonitos ojos verdosos, separados de la nariz, y labios delgados, tenía por el contrario un aire taciturno y melancólico. Vestido con un viejo abrigo enguatado, puestas las polainas por encima de las botas, traía dos jarros, dos barrilitos y una cesta. Después de haber depositado su carga delante de Rantseva, saludó con la cabeza a Nejludov sin quitarle los ojos de encima. Luego, habiéndole tendido negligentemente la mano, se puso con lentitud a retirar las provisiones de la cesta.

Estos dos presos políticos: el primero, el campesino Nabatov, y el segundo, el obrero Markel Kondratiev, eran gente del pueblo. Markel tenía ya treinta y cinco años cuando se afilió al partido «populista»; Nabatov, por su parte, lo había hecho a los dieciocho años. Gracias a sus dotes poco ordinarias, este último había podido pasar de la escuela primaria al colegio superior y dar clases para cubrir sus necesidades; había abandonado el colegio con una medalla de oro y no había proseguido sus estudios en la universidad porque desde los diecisiete años había resuelto regresar al seno del pueblo de donde había salido e instruir a sus desgraciados compañeros. Y así lo hizo. Primero escribiente en un gran pueblo, lo habían detenido pronto por haber leído ciertos libros a los campesinos y organizado entre ellos sociedades de producción y consumo. Aquella primera vez había pasado ocho meses en la cárcel; luego lo habían soltado, pero manteniéndolo bajo la vigilancia secreta de la policía.

Nada más ser puesto en libertad, partió para otro pueblo que no pertenecía a la misma provincia. Instalado allí como maestro de escuela, había continuado su obra. Volvieron a detenerlo y a meterlo en la cárcel, esta vez durante catorce meses. Aquello no había servido más que para afianzar sus convicciones.

Después de aquel segundo encarcelamiento lo deportaron al gobierno de Perm, de donde se evadió. Lo cogieron de nuevo y lo tuvieron siete meses en la cárcel, y luego lo deportaron al gobierno de Arkangel. De allí se evadió por segunda vez, y, detenido nuevamente, lo condenaron a la deportación en el territorio de Yakutsk, de forma que había pasado la mitad de su vida como preso o como deportado.

Lejos de agriarlo o de debilitar su energía, todas estas peripecias no habían hecho sino estimulársela más. Era un hombre activo, de estómago sólido, siempre en movimiento, alegre y vigoroso. Nunca lamentaba nada, apenas se preocupaba del porvenir, y usaba todas las fuerzas de su inteligencia y de su habilidad práctica para obrar en el presente. Cuando estaba en libertad, trabajaba con vistas al fin que se había propuesto: la instrucción y la unión de los obreros, principalmente los de origen campesino; privado de su libertad, no por ello dejaba de obrar de modo enérgico y práctico para conservar relaciones con el mundo exterior y organizar la vida lo mejor posible en las condiciones existentes, y no sólo para él, sino también para su grupo.

Comunista ante todo, parecía no tener necesidad de nada y con cualquier cosa le bastaba; mas, para su comunidad, para sus camaradas, exigía mucho y podía trabajar en una labor física o intelectual ininterrumpidamente, hasta el punto de olvidarse de dormir y comer. Verdadero campesino, era laborioso, precavido, hábil en el trabajo, sobrio, amable sin esfuerzo, atento no sólo a los sentimientos, sino a la opinión de los demás. Su vieja madre, una campesina analfabeta, supersticiosa, vivía aún; Nabatov acudía a ayudarla y la visitaba cuando estaba en libertad. Durante su estancia en casa de ella, entraba en todos los detalles de su vida, la secundaba en los trabajos campestres, no rompía sus relaciones con sus antiguos camaradas, jóvenes mujiks: fumaba con ellos el tutun en una «pata de perro» (Especie de pipa confeccionada con papel grueso en la que fuman los mujiks y los obreros), discutía con ellos y les explicaba cuán engañados estaban y cómo debían librarse de la mentira en que se les mantenía. Cuando pensaba en lo que daría la revolución al pueblo y hablaba de ello, se imaginaba el nuevo estado de aquel pueblo del que había salido y que conservaría casi todas las antiguas condiciones de vida, añadiendo solamente la posesión de la tierra, de la que excluiría a los propietarios y funcionarios. A su juicio, la revolución no debía cambiar las formas primitivas de la vida popular (sobre este punto no estaba de acuerdo con Novodvorov y el partidario de éste, Markel Kondratiev); la revolución, según él, no debía demoler todo el edificio, sino simplemente disponer de otra manera los locales de ese viejo edificio, que él juzgaba excelente, sólido y amplio, y que amaba con ardor.

Desde el punto de vista religioso, presentaba igualmente el tipo del campesino; le tenían sin cuidado las cuestiones metafísicas: la causa inicial y la vida extraterrestre. Dios era para él, como para Laplace, una hipótesis de la que hasta ahora no había sentido necesidad. Se cuidaba poco del modo como haya comenzado el mundo: según Moisés o según Darwin, y el darwinismo que tenía tan gran importancia a los ojos de sus camaradas, él lo consideraba una diversión intelectual, una fantasía del mismo género que la creación en seis días. La cuestión del origen del mundo no le preocupaba, precisamente porque se borraba delante de la pregunta que se planteaba sobre cómo instalarse lo mejor posible en ese mundo.

Apenas pensaba tampoco en la vida futura, pero guardaba en el fondo del alma la convicción firme y serena, legada por sus antepasados y común a todos los trabajadores, de que en el mundo animal y en el mundo vegetal nada se anula, sino que se cambia indefinidamente de una forma en otra: el abono, en grano; el grano, en gallina; el renacuajo, en rana; la oruga, en mariposa; la bellota, en roble; lo mismo el hombre, estimaba él, no desaparece y no hace más que cambiar. Creía en eso firmemente y por ello miraba siempre sin miedo, incluso con buen humor, la muerte cara a cara y soportaba los sufrimientos que conducen a ella, pero ni queriendo ni sabiendo hablar de eso. Le gustaba trabajar, se absorbía sin pausa en alguna ocupación práctica y empujaba por esta vía a sus camaradas.

Markel Kondratiev, el otro preso político del partido «populista», era de un temple diferente. A la edad de quince años, trabajando en la fábrica, había comenzado a fumar y a beber para ahogar en él una vaga conciencia de la humillación que le había sido impuesta. Experimentó por primera vez aquel sentimiento un día de Navidad en que habían llevado a los niños a la fiesta del árbol, organizada por la mujer del fabricante; como todos sus camaradas, había recibido una flauta de un copec, una manzana, una nuez dorada y un higo, en tanto que a los hijos del patrón les habían dado juguetes que le parecían regalos de un cuento de hadas y que posteriormente supo que habían costado más de cincuenta rublos.

Tenía cerca de treinta años cuando una muchacha; revolucionaria inveterada, entró como obrera en la fábrica; al notar las dotes de Kondratiev, le dio a leer libros y folletos, le explicó su situación, las causas de esta situación y los medios de mejorarla. Él vio claramente la posibilidad de liberarse, así como de liberar a los demás, del estado de opresión en que se encontraba y cuya injusticia le parecía aún más cruel y más aterradora que antes. Deseó no solamente la liberación, sino también el castigo de quienes han establecido y mantienen esta cruel injusticia. Le enseñaron que la ciencia proporciona este medio, y Kondratiev se dedicó con ardor al estudio. No comprendía claramente, es verdad, cómo el ideal socialista podría realizarse por la ciencia; pero creía que la ciencia, lo mismo que le revelaba lo injusto de su situación, podría remediar esta injusticia. Además, en su propia opinión, la instrucción lo elevaba por encima de los demás hombres. Así, pues, dejó de beber y de fumar, y, al pasar a ser encargado del almacén, por consiguiente con más tiempo libre, dedicó todos sus ocios al estudio.

La revolucionaria que lo instruía estaba impresionada por la facilidad asombrosa con que él absorbía insaciablemente todos los conocimientos. En dos años aprendió álgebra, geometría, historia, que le gustaba de modo muy especial, y leyó la mayor parte de las novelas clásicas y de los libros de crítica, sobre todo las obras socialistas.

Detuvieron a la joven, y con ella a Kondratiev, por tenencia de obras prohibidas; los metieron en la cárcel y los deportaron al gobierno de Vologda. Allí, Kondratiev entabló conocimiento con Novodvorod, leyó una gran cantidad de otros libros revolucionarios, de los cuales retuvo la mayor parte de su contenido, y se afianzó más en sus convicciones socialistas. Después de su deportación organizó una gran huelga obrera que terminó con el saqueo de la fábrica y el asesinato del director; lo detuvieron de nuevo y de nuevo lo condenaron a la pérdida de sus derechos civiles y a un nuevo período de deportación.

En materia religiosa, era tan intransigente como cuando se trataba de la organización de la sociedad actual. Habiendo comprendido la falta de sentido de la fe en la que se había criado y habiéndose liberado de ella, primero con temor, luego con alegría, se vengaba, por así decirlo, de la mentira en la que los habían mantenido a él y a sus antepasados, y no dejaba de burlarse con rencor de los popes y de los dogmas religiosos.

Ascético por costumbre, satisfecho con poca cosa, tenía, como todos los hombres ejercitados en el trabajo, bien desarrollados los músculos; podía fácilmente y durante mucho tiempo, diestramente también, entregarse a cualquier labor física, pero apreciaba sobre todo los ratos de ocio que le permitían, bien en la cárcel, bien durante los altos del convoy, perfeccionar su instrucción.

Estaba estudiando ahora el primer volumen de El capital, de Karl Marx, y conservaba ese libro tan celosamente como si fuera una reliquia. Para con todos sus camaradas mantenía una actitud reservada, incluso indiferente, excepto con Novodvorod, del cual era muy devoto y del que aceptaba, no importa sobre qué cuestión, su juicio como algo infalible a insustituible.

En cuanto a las mujeres, las consideraba como un obstáculo a cualquier obra útil y no sentía por ellas más que desprecio. Sin embargo, sentía lástima de Maslova y se mostraba afectuoso con ella, porque veía en aquella mujer un ejemplo de la explotación de la clase inferior por la clase superior. Por este mismo motivo no apreciaba a Nejludov, le hablaba poco y no le estrechaba la mano, limitándose a dejarse estrechar la suya cuando Nejludov lo saludaba.

XIII

La leña se había consumido y había calentado la estufa; el té estaba hecho, servido en los vasos y en las tazas, y luego, blanqueado con leche; después salieron los panecillos, el pan fresco de trigo, los huevos duros, la mantequilla y cabeza y patas de ternera. Todos se acercaron a la cama que hacía veces de mesa y se pusieron a beber, a comer y a charlar. Rantseva se había sentado en una caja y servía el té. Alrededor de ella se agruparon todos los demás, a excepción de Kryltsov, quien se había quitado su pelliza mojada para envolverse en una manta seca traída por María Pavlovna y que, acostado, charlaba con Nejludov.

Después de la humedad y el frio sufridos durante la marcha; después del fango y del desorden que habían encontrado allí; después de haber comido y bebido té caliente, todo el mundo experimentaba una feliz predisposición a la alegría y una agradable sensación de bienestar. Los pasos, los gritos y los juramentos de los presos comunes que se oían detrás del muro y que les recordaban a cada instante lo que ocurría alrededor de ellos, hacían resaltar aún más la sensación de su intimidad. Como sobre un islote en alta mar, aquellas personas se sentían, por un instante, al abrigo de las olas de humillaciones y de sufrimientos que hervían en torno de ellos, y, por consiguiente, se encontraban en un estado de animación, de elevación de espíritu. Hablaban de todo, excepto de su situación y de lo que les aguardaba. Además, como ocurre siempre entre hombres y mujeres jóvenes, en particular cuando están reunidos a la fuerza, entre ellos se habían formado simpatías y antipatías.

Casi todos estaban enamorados: Novodvorod lo estaba de la bonita y sonriente Grabetz, joven estudiante que no profundizaba en nada, ni en política ni en ninguna otra cosa. Había seguido la corriente de la época, se había comprometido no se sabe en qué asunto y la habían condenado a la deportación. Lo mismo que en libertad, el principal interés de su vida estribaba en agradar a los hombres: ese interés lo había tenido tanto durante los interrogatorios como en la cárcel y durante el trayecto. En aquel momento experimentaba un consuelo por la inclinación de Novodvorov hacia ella, y ella misma se había enamoriscado de él. Vera Efremovna, muy inflamable, pero desgraciadamente poco apta para inspirar amor, no perdía sin embargo las esperanzas: ora se prendaba de Nabatov, ora de Novodvorod. Kryltsov sentía igualmente una secreta inclinación por María Pavlovna: la amaba como los hombres aman a las mujeres, pero, sabiendo las ideas de la joven sobre el amor, le ocultaba sus sentimientos bajo la apariencia de amistad y gratitud por los cuidados especialmente tiernos que recibía de ella.

Nabatov y Rantseva tenían relaciones amorosas muy complicadas. Lo mismo que María Pavlovna era una joven absolutamente casta, Rantseva igualmente era una mujer casada absolutamente casta. A los dieciséis años, estando aún en el liceo, había amado a Rantsev, estudiante de la universidad de San Petersburgo; a los diecinueve años se había casado con él antes de que él hubiese terminado sus estudios. Estando en cuarto curso, su marido se había mezclado en una revuelta de la universidad; le fue prohibida la estancia en San Petersburgo y se hizo revolucionario. Para acompañarlo, ella tuvo entonces que abandonar los estudios de medicina que estaba cursando, y, a ejemplo de su marido, se hizo revolucionaria. Si su marido no hubiese sido para ella el mejor y el más inteligente de todos los hombres, no se habría enamorado de él y no se habría casado con él. Pero como lo amó y se casó con él, había considerado con toda naturalidad que el objeto de su vida tenía que ser el mismo que el objeto del mejor y más inteligente de los hombres. Ahora bien, viendo su marido en el estudio el objetivo de la vida, también ella lo vio así. Habiéndose hecho él revolucionario, ella tenía que hacer igual. Podía luego, de una manera perfecta, demostrar que las condiciones de la sociedad actual son detestables, que el deber de todos los hombres es luchar para tratar de modificarlas y establecer el régimen político y económico gracias al cual el ser pensante podría seguir un camino firme..., etcétera, etcétera. Y le parecía que pensaba y sentía realmente lo que decía; en realidad, pensaba solamente que las ideas de su marido eran la verdad misma, y ella no buscaba más que una cosa: una completa comunión de almas entre ella y su marido, que era lo único que le daba una satisfacción moral.

Le había resultado penoso separarse de él y de su hijo, confiado a la custodia de la abuela. Pero sufría esta prueba con calma y firmeza, sabiendo que lo hacía por su marido y por una causa indudablemente justa, puesto que era la causa a la que él servía. Siempre estuvo con él con el pensamiento, y, no habiendo amado nunca antes a nadie, no podía ahora amar a otra persona que no fuese él. Sin embargo, el amor puro y abnegado de Nabatov la impresionaba y la conmovía. Él, hombre de moralidad y de firmeza, amigo de su marido, se esforzaba en tratarla como a una hermana; pero en sus relaciones comunes se deslizaba algo más, y ese «más» los espantaba a los dos, al mismo tiempo que llenaba de sol las tristezas de su vida en aquellas circunstancias.

Así, en aquel grupo, los únicos libres de todo amorío eran María Pavlovna y Kondratiev.

XIV

Esperando que podría hablar a solas con Katucha, como lo hacía de ordinario después del té y de la cena en común, Nejludov se había sentado cerca de Kryltsov y charlaba con él. Le habló, entre otras cosas, de la confidencia que le había hecho Makar al contarle la historia de su crimen. Kryltsov escuchaba atentamente, su mirada febril clavada en su interlocutor.

-Sí- dijo-, un pensamiento me preocupa a menudo: he aquí que caminamos al lado de ellos, al lado de estos mismos hombres por los cuales lo hemos sacrificado todo. Y sin embargo, no solamente no los conocemos, sino que ni siquiera queremos conocerlos. Por parte de ellos es peor aún: nos odian, nos consideran como a enemigos. Y esto es espantoso.

-No hay en eso nada de espantoso- dijo Novodvorod, que había escuchado la conversación-. Las masas no respetan más que el poder- añadió con su sonora voz-. Hoy, el poder es el gobierno, y por eso ellas lo respetan y nos odian; mañana estaremos nosotros en el poder y será a nosotros a quienes respetarán.

En el mismo instante se oyeron detrás del tabique juramentos, el empujón de gente que chocaba contra el muro, un ruido de cadenas, gritos agudos. Golpeaban a alguien y este alguien gritaba pidiendo socorro.

-¡He ahí a las bestias feroces! ¿Qué relaciones podemos nosotros tener con ellos?- dijo Novodvorod con tono tranquilo.

-¿Bestias feroces, dices? ¿Y la acción que me contaba hace un momento Nejludov?-dijo Kryltsov con tono irritado, repitiendo cómo, con peligro de su vida, Makar había querido salvar a uno de sus paisanos. Eso no es bestialidad, sino una hazaña.

-Sentimentalismo- replicó Novodvorod con ironía-. Nos es difícil comprender los impulsos de esos hombres y los motivos de sus actos. Tú ves generosidad donde tal vez no hay más que envidia hacia el otro forzado.

-¿Por qué quieres negar todo buen sentimiento en los demás?- preguntó Pavlovna, acalorándose repentinamente.

Ella tuteaba a todos sus compañeros.

-No puedo ver lo que no existe.

-¿Cómo? ¿Es que no existe eso? ¿No se arriesga ese hombre a sufrir una muerte horrible?

-En mi opinión- dijo Novodvorod-, cuando queremos cumplir nuestra obra, la primera condición es desterrar las quimeras y ver las cosas tal como son.- Kondratiev había soltado el libro que leía, para escuchar atentamente a su maestro-. Es preciso hacer todo por las masas populares y no esperar nada de ellas. Esas masas son el objeto de nuestra actividad, pero no pueden colaborar con nosotros mientras permanezcan inertes como están ahora- continuó, como si estuviera dando una conferencia-. Por eso es completamente ilusorio contar con su colaboración mientras no esté acabado el proceso de desarrollo de esas masas, proceso en la realización del cual trabajamos.

-¿Qué proceso de desarrollo?- preguntó Kryltsov animándose de improviso-. Afirmamos estar contra el despotismo, ¿y no hacemos use nosotros mismos de un despotismo igualmente espantoso?

-No veo en eso ningún despotismo- respondió Novodvorod, siempre tranquilo-. Digo solamente que conozco la vía que debe seguir el pueblo y que puedo indicársela.

-Pero, ¿cómo sabes tú que la vía indicada por ti es la verdadera? ¿No es ése el despotismo que engendró tanto la Inquisición como las matanzas de la Revolución francesa? Y sin embargo, ésta declaraba también que conocía científicamente la vía única y verdadera.

-El hecho de esos errores no prueba que yo esté en un error. Y además, nada más lejos que los sueños de los ideólogos de las conclusiones de la ciencia económica.

La voz de Novodvorod llenaba toda la celda. Hablaba solo y los demás guardaban silencio.

-Discuten siempre- dijo María Pavlovna cuando también Novodvorod se calló.

-¿Y usted qué piensa de eso?- preguntó Nejludov a María Pavlovna.

-Yo creo que Anatolii tiene razón y que es imposible imponer nuestros puntos de vista al pueblo.

-¿Y usted, Katucha?- preguntó Nejludov con una sonrisa y un vago temor de que ella dijera lo que no convenía decir.

-Yo creo que el pobre pueblo está aplastado- dijo ella ruborizándose-. Está demasiado aplastado el pobre pueblo.

-¡Exacto, Mijailovna!- exclamó Nabatov-. Aplastan rudamente al pueblo. Y no es justo que ocurra así. ¡En eso consiste nuestra obra!

-Una extraña idea de nuestra misión revolucionaria- dijo malhumorado Novodvorod, quien se puso a fumar en silencio.

-¡Me es imposible hablar con él!-dijo Kryltsov en voz baja. Y se calló.

-Y vale más no discutir- comentó Nejludov.

XV

Aunque Novodvorod fuese apreciado por todos los revolucionarios, aunque fuese muy sabio y lo considerasen muy inteligente, Nejludov lo colocaba entre los hombres de su partido que, estando desde el punto de vista moral por debajo del término medio, descienden incluso más bajo. Grande era su potencia intelectual, su numerador; pero la opinión que tenía de sí mismo, su denominador, era infinita-mente mayor y desde hacía mucho tiempo había sobrepasado sus fuerzas intelectuales.

Era un hombre de un carácter moral completamente opuesto al de Simonson. Este último era de esos temperamentos más bien masculinos en los que las acciones están, determinadas por la actividad del pensamiento. Novodvorod, por su parte, pertenecía a los temperamentos más bien femeninos, en los que la actividad intelectual está dirigida en parte hacia la realización del objetivo propuesto por el sentimiento y en parte hacia la justificación de los actos provocados por el sentimiento.

Toda la actividad de Novodvorod, aunque él no supiera presentarla con elocuencia ni apoyarla con argumentos convincentes, se le aparecía a Nejludov como basada sólo en la vanidad y en el deseo de predominar. Al principio, en el período de sus estudios, había asimilado, gracias a sus facultades, los pensamientos de otros y, al repetirlos fielmente, había destacado entre los profesores y los estudiantes en aquellos sitios donde esas facultades eran muy apreciadas: en el colegio, en la universidad y en el doctorado. Pero cuando recibió su diploma y terminó sus estudios, este dominio desapareció, según supo Nejludov por boca de Kryltsov, quien no le tenía simpatía a Novodvorod.

Para seguir descollando en un nuevo ambiente, había modificado por completo sus ideas, y, de evolucionista, se había convertido en «rojo». Gracias a la ausencia, en su carácter, de las cualidades morales y estéticas que hacen nacer dudas y vacilaciones, pronto adquirió la situación de jefe de partido, que satisfacía ampliamente a su amor propio. Una vez escogida su tendencia, no vacilaba ya, y de ahí su seguridad de no equivocarse nunca. Todo le parecía extraordinariamente simple, claro y cierto. Y, con su estrechez de miras, todo debía en efecto ser muy simple, muy claro y, según su expresión, no le quedaba más sino ser lógico. Tan firme era su seguridad, que necesitaba o rechazar a los hombres o dominarlos. Y evolucionando su actividad en un medio de gentes muy jóvenes, que tomaban su inconmensurable seguridad por profundidad y sabiduría, la mayoría se sometía a su ascendiente, y de ahí su autoridad.

Su actividad consistía en preparar la revolución que le daría el poder y permitiría establecer una Asamblea Constituyente. Debía someter a esta asamblea su programa, y estaba absolutamente convencido de que este programa resolvía todas las cuestiones y que forzosamente había que realizarlo.

Sus camaradas lo estimaban por su audacia y su resolución, pero no lo querían. Por su parte, él no quería a nadie; trataba como rivales a todos los hombres que destacaban de lo corriente y, si hubiera podido, habría obrado hacia ellos como el viejo mono macho trata a los jóvenes. Habría arrancado a esos hombres toda su inteligencia, y todas sus aptitudes, a fin de que no pudiesen estorbar la manifestación de sus propias facultades; no trataba bien más que a aquellos que se inclinaban ante él. Así obraba ahora con Kondratiev y con Vera Efremovna y con la bonita Grabetz, las dos enamoradas de él. Aunque en principio fuera partidario de la emancipación de la mujer, en el fondo las consideraba a todas tontas a insignificantes, excepto aquellas de las que, a menudo, se enamoraba sentimentalmente, como ahora de Grabetz; las consideraba entonces como mujeres superiores de las que únicamente él sabía apreciar las cualidades.

Lo mismo que todos los problemas, el de las relaciones entre los sexos se le aparecía como muy simple, muy claro y perfectamente resuelto por el reconocimiento del amor libre.

Tenía una mujer ficticia y otra verdadera; de ésta se había separado después de haber adquirido la convicción de que entre ella y él no existía amor real; y ahora se proponía entrar en una nueva unión libre con Grabetz.

Desdeñaba a Nejludov porque, según su expresión, éste «hacía teatro» con Maslova, y sobre todo porque se permitía discernir no solamente punto por punto, como él, Novodvorod, los defectos de la organización de la sociedad actual y los medios de modificarla, sino también porque lo hacía completamente a su manera, a la manera «principesca», es decir, tonta. Nejludov conocía muy bien esta opinión profesada por Novodvorod respecto a él y, a pesar de las excelentes disposiciones que lo animaban durante todo aquel viaje, le pagaba con la misma moneda: no podía, con gran pena por su parte, dominar su fuerte antipatía hacia aquel hombre.

XVI

Las voces de las autoridades se dejaron oír en la celda contigua. Todos guardaron silencio a inmediatamente después entró el vigilante jefe seguido de dos soldados. Era retreta. El suboficial contó a los presos, señalando a cada uno con el dedo. Cuando llegó delante de Nejludov, le dijo familiarmente:

-Ahora, príncipe, ya no puede quedarse usted después de la retreta. Va a tener que marcharse.

Nejludov, sabiendo lo que aquello significaba, se acercó a él y le deslizó en la mano tres rublos que tenía preparados.

Bueno, no hay modo de discutir con usted; quédese todavía un poco.

El suboficial iba a salir cuando entró otro suboficial seguido por un preso alto y delgado, de barba rala, con un ojo hinchado.

-Vengo a ver a mi niña- dijo el preso.

-¡Oh, ha venido papá!- gritó de pronto una sonora vocecita. Y una cabeza rubia se asomó detrás de Rantseva, quien, ayudada por María Pav1ovna y Katucha, confeccionaba de una de sus faldas un nuevo vestido para la niña.

-¡Soy yo, hijita, soy yo!-dijo Buzovkin con ternura.

-La niña está bien aquí- dijo María Pavlovna mirando con compasión el amoratado rostro del preso.

-Las barinias me están haciendo un vestido- dijo la niña, mostrando a su padre el trabajo de Rantseva-, un vestido lindo, precioso.

-¿Quieres acostarte con nosotras?- preguntó Rantseva acariciando a la niña.

-Sí. ¿Papá también?

Uná sonrisa iluminó el rostro de Rantseva.

-Papá no puede- dijo-. Entonces, nos la deja usted, ¿verdad?- preguntó ella al padre.

-Vamos, déjela- dijo el suboficial parado a la puerta; luego salió con su colega.

En cuanto los soldados se hubieron marchado, Nabatov se acercó a Buzovkin y le preguntó, tocándole en el hombro:

-Bueno, hermano, ¿es verdad que Karamanov quiere cambiar con otro?

El rostro amable y bonachón de Buzovkin se puso sombrío inmediatamente y sus ojos se velaron.

-No hemos oído decir nada. No es probable.- Y, siempre con la misma mirada huidiza, añadió-: Bueno, hijita, quédate aquí con las barinias.-Y se apresuró a salir.

-Está enterado de todo, y es verdad que han hecho el cambio- dijo Nabatov-. ¿Qué va usted a hacer, pues?

-Cuando lleguemos a la ciudad informaré a la autoridad superior. Conozco a los dos de vista- respondió Nejludov.

Todos se callaban, con el deseo evidente de no abrir de nuevo la discusión.

Simonson, quien durante todo aquel tiempo había estado silencioso, tendido en el rincón de una cama, con las manos tras la cabeza, se incorporó con decisión y, abriéndose paso a través de sus compañeros, se acercó a Nejludov.

-¿Puede usted atenderme ahora?

-Desde luego- respondió Nejludov, quien se levantó para seguirlo.

Dirigiendo los ojos a Nejludov y encontrando su mirada, Katucha enrojeció y agachó la cabeza con aire perplejo.

Simonson salió con Nejludov al corredor. Los ruidos y las explosiones de voces de los presos comunes se dejaban oír sin más. Nejludov hizo una mueca, pero Simonson no pareció turbarse lo más mínimo.

-He aquí de qué se trata- empezó este último, mirando con sus bondadosos ojos, con atención y bien de frente, el rostro de Nejludov-. Conociendo sus relaciones con Catalina Mijailovna, considero que es mi deber...

Pero tuvo que interrumpirse, porque a la puerta misma del corredor dos voces gritaban a la vez:

-¡Te digo, imbécil, que no es mío!- gritaba una voz.

-¡Ahórcate con él, miserable!- respondía el otro.

María Pavlovna salió en aquel momento al corredor.

-Pero es imposible hablar aquí-indicó ella-. Pasad a esa celda; no está más que Vera.

Los precedió, entró por una puerta vecina a una estrecha celda, evidentemente pensada para un solo preso y por el momento asignada a los condenados políticos. En la cama, con la cabeza tapada, estaba tendida Vera Efremovna.

Tiene jaqueca; duerme y no oye nada. Yo os dejo.

-Al contrario, quédate- dijo Simonson-. No tengo secretos para nadie y muchísimo menos para ti.

Está bien- dijo Maria Pavlovna; y, con un movimiento de caderas típico de los niños, balanceando su cuerpo a derecha a izquierda, se sentó en la cama y se dispuso a escuchar, la mirada de sus hermosos ojos de oveja perdida en el vacío.

-Bueno, he aquí el asunto: conociendo las relaciones de usted con Catalina Mijailovna, creo mi deber decirle cuáles son las mías.

-¿Qué quiere decir eso?- preguntó Nejludov, admirando a pesar suyo la simplicidad y la franqueza con que le hablaba Simonson.

-Quiere decir que deseo casarme con Catalina Mijailovna...

-¡Asombroso!- exclamó Maria Pavlovna, clavando su mirada en Simonson.

...y he resuelto pedirle que sea mi mujer.

-Pero, ¿qué puedo hacer yo? Eso depende de ella- replicó Nejludov.

-Sí, pero ella no tomará ninguna resolución sin contar con usted.

-¿Y por qué?

-Porque en tanto que no se aclare la cuestión de las relaciones entre ustedes, ella no tomará ninguna decisión.

-Por mi parte, la cuestión está completamente resuelta. Yo quería hacer lo que considero mi deber y, además, mejorar su situación; pero en ningún caso tengo el propósito de estorbar su libertad de acción.

-Pero ella no acepta que usted se sacrifique.

-No hay en eso ningún sacrificio.

-Y sé que la resolución que ella ha tomado es inquebrantable.

-Entonces, ¿para qué pedir mi parecer?

-Ella querría que usted lo reconociese también.

-Pero, ¿cómo puedo reconocer que no debo hacer lo que considero un deber? Lo único que puedo decirle a usted es que yo no soy libre y ella sí lo es.

Simonson permaneció pensativo algunos instantes.

-Está bien, se lo diré. Pero no crea usted que estoy enamorado de ella- prosiguió-. La quiero como a una bella y rara criatura que ha sufrido mucho. No le pido nada; pero tengo unos deseos terribles de acudir en su ayuda, de aliviar su sit...

Nejludov observó con sorpresa el temblor de la voz de Simonson.

-...de aliviar su situación. Si ella no quiere aceptar su ayuda, ¡que acepte la mía! Si ella consintiera, pediría ser deportado al mismo sitio donde la encarcelen. Cuatro años no es una eternidad. Viviré cerca de ella y quizá pueda mejorar su suerte...

La emoción le obligó a detenerse de nuevo.

Pero, ¿qué puedo decir yo? preguntó Nejludov . Me alegro de que ella haya encontrado un protector como usted.

-Es lo que yo quería saber. Quería saber si, amándola como usted la ama, deseándole todo el bien posible, juzga usted nuestro casamiento como un bien para ella.

-¡Oh, desde luego!-exclamó Nejludov con firmeza.

-No se trata más que de ella. Todo lo que yo querría es que esa alma que tanto ha sufrido pudiera reposar- dijo Simonson mirando a Nejludov con una ternura infantil que no se habría podido esperar de un hombre tan reservado.

Se levantó, agarró la mano de Nejludov, se inclinó hacia él y, con una sonrisa tímida, lo besó.

-Entonces, así se lo diré- concluyó, ya saliendo.

XVII

-¡Ah, fíjese usted!- dijo María Pavlovna-. ¡Enamorado, completamente enamorado! No lo habría creído en mi vida. Vladimir Simonson enamoriscándose de una manera tan tonta, tan pueril. Es sorprendente, y se lo digo a usted con toda franqueza, eso me apena- dijo con un suspiro.

-Pero, ¿qué piensa usted de Katucha? ¿Cómo toma ella la cosa?

-¿Ella?-Maria Pavlovna se detuvo, buscando sin duda una respuesta tan precisa como convincente-¿Ella? Mire usted, a pesar de su pasado, es una naturaleza de las más morales... y sus sentimientos son tan refinados... Ella lo quiere a usted con un cariño bueno, se siente dichosa pudiendo hacerle un bien, aunque sea un bien negativo: el de no ligarse usted a ella. En lo que la concierne, su casamiento con usted sería una terrible caída, sería peor que todo lo que le ha pasado; por tanto no consentirá nunca. Y, sin embargo, la presencia de usted la turba.

-Entonces, ¿debo desaparecer?- preguntó Nejludov.

María Pavlovna sonrió con su dulce sonrisa infantil.

-Sí, en cierta medida.

-¿Qué quiere decir eso de desaparecer en cierta medida?

-No le he dicho a usted la verdad... Pero en fin, en lo que a ella se refiere, yo quería decirle a usted que probablemente ella ve toda la insensatez del amor entusiasta de Simonson, aunque él no le haya dicho todavía nada de eso, y se siente a la vez halagada y aterrada. Mire usted, yo no soy competente en estas cuestiones, pero me parece que, por parte de Simonson, lo que hay es un sentimiento humano muy ordinario, por enmascarado que esté. Él insiste en que su amor estimula sus energías y que es platónico. Pero yo sé que si bien es un amor especial, no deja de tener en el fondo una cosa sucia, como le pasa a Novodvorod con Grabetz.

Arrastrada por su tema favorito, Maria Pavlovna se había desviado de la cuestión.

-Pero yo, ¿qué debo hacer?- preguntó Nejludov.

-Creo que usted debe hablarle. Siempre vale más que la situación sea clara. Voy a llamarla, ¿quiere usted?

-Se lo ruego.

María Pavlovna salió. Un sentimiento extraño invadió a Nejludov cuando se quedó solo en la pequeña celda, escuchando la respiración apacible, entrecortada a veces por suspiros, de Vera Efremovna, así como el estrépito incesante producido por los forzados al otro lado de la puerta.

Las palabras de Simonson desligaban a Nejludov del compromiso que había contraído y que, en los momentos de debilidad, le parecía pesado y aterrador; sin embargo, aquel cambio le resultaba desagradable, incluso penoso. En este sentimiento entraba también la conciencia de que la propuesta de Símonson destruía la superioridad de su acción, disminuía a sus ojos y a los de los demás el valor de su sacrificio: si un hombre, por lo demás, excelente, pero que no tenía ningún vínculo con ella, quería unir su destino al de Katucha, el sacrificio por parte de él, de Nejludov, no era ya tan completo.

Quizá también había en él un simple sentimiento de celos: estaba tan acostumbrado al amor de Katucha hacia él, que no admitía la posibilidad de que ese amor se dirigiese a otro. Aquello arruinaba, además, un proyecto formado desde hacía mucho tiempo: vivir cerca de ella mientras cumpliese su pena. Si ella se casaba con Simonson, su presencia se haría inútil y tendría que combinar un nuevo plan de vida.

Aún no había tenido tiempo de desmenuzar sus sentimientos cuando la puerta se abrió y entró el barullo creciente que llegaba de las celdas de los forzados (había aquel día entre ellos una agitación especial), y Katucha penetró en la celda.

Se acercó a él con paso rápido.

-María Pav1ovna me ha enviado aquí- dijo, deteniéndose muy cerca.

-Sí, tengo que hablarle. Pero siéntese. Vladimir Ivanovitch ha estado conversando conmigo.

Ella se sentó, colocó las manos sobre las rodillas, muy tranquila en apariencia. Pero al oír el nombre de Simonson se puso toda arrebolada.

-¿Y qué le ha dicho?- preguntó.

-Me ha dicho que quería casarse con usted.

El rostro de Katucha se contrajo de pronto en una expresión de sufrimiento; pero bajó los ojos sin decir nada.

-Me ha pedido mi consentimiento o mi consejo. Le he contestado que todo dependía de usted y que era usted la única que tenía que decidir.

-¡Ah, qué locura! ¿Por qué, por qué?- exclamaba mirando a Nejludov a los ojos con aquella mirada que bizqueaba de una forma muy especial y que a él lo dejaba siempre tan impresionado.

Durante algunos segundos permanecieron así, los ojos en los ojos; y, para los dos, aquella mirada era elocuente.

-Es usted quien tiene que decidir- repitió Nejludov.

-¿Qué he de decidir yo?- dijo ella-. ¡Todo está decidido hace ya mucho tiempo!

-No, es usted quien tiene que decir si acepta la proposición de Vladimir Ivanovitch.

-¿Cómo pensar en el casamiento, yo, una «forzada»? ¿Por qué habría además de estropear la vida de Vladimir Ivanovitch?- dijo ella, poniéndose de pronto de humor tétrico.

- Sí, pero si la indultan...

- ¡Ah, déjeme! ¡No tenemos nada más que decirnos! Se levantó y salió.

XVIII

Cuando, en seguimiento de Katucha, Nejludov volvió a la celda de los hombres, reinaba allí una cierta emoción. Nabatov, que husmeaba por doquier, observaba todo y entraba en relaciones con todo el mundo, había traído una noticia que había dejado estupefacta a la concurrencia: había encontrado en una pared un billete escrito por el revolucionario Petline, condenado a trabajos forzados. Todo el mundo lo creía desde hacía mucho tiempo en Kara, y he aquí que se enteraban de su reciente paso por este sitio mismo, solo, en medio de un convoy de condenados de derecho común.

« 17 agosto- se leía en aquel billete-. Me conducen a mí solo entre los presos comunes. Neverov estaba conmigo, pero se ha ahorcado en Kazán, en el manicomio. Yo estoy bien, tengo valor y espero todo el bien que el porvenir nos reserva.»

Se discutía la situación de Petline y las causas del suicidio de Neverov. Kryltsov, con aire absorto, permanecía mudo y miraba fijamente ante él con ojos febriles.

Mi marido me dijo que Neverov ya tenía alucinaciones en la fortaleza de Pedro y Pablo- comentó Rantseva.

-Sí, un poeta, un fantasioso. Hombres así no saben soportar el aislamiento- dijo Novodvorod-. Yo, por ejemplo, cuando me dejaban incomunicado, ponía frenos a mi imaginación y dividía mi tiempo de la manera más simétrica. Así, soportaba perfectamente todo.

-¿Quién habla de soportar? Por lo que a mí se refiere, muy a menudo me he sentido sencillamente feliz por estar en la cárcel- exclamó Nabatov con su voz enérgica y con la intención manifiesta de disipar la sombría preocupación de sus compañeros-. En libertad, siempre está temiendo uno algo: o que lo cojan, o comprometer a los demás, o comprometer la causa. Una vez encerrado, se acaba la responsabilidad. Se puede descansar. No hay más que estarse allí y fumar.

-¿Tú lo conocías íntimamente?- preguntó María Pavlovna, viendo con inquietud el rostro repentinamente descompuesto de Kryltsov.

-¡Neverov, un fantasioso!- dijo Kryltsov sofocándose de improviso como si hubiera estado mucho tiempo gritando o cantando-. Neverov era un hombre como la tierra produce pocos, como decía nuestro portero. Sí, era un hombre de cristal cuya alma se transparentaba. No solamente no mintió nunca, sino que nunca supo ni siquiera fingir; no sólo su epidermis era fina, sino que era como los que se han quemado, todos los nervios al descubierto. Sí, una naturaleza rica, compleja... Pero ¿de qué sirve hablar...?- Se calló un instante-. Discutimos para saber qué conviene más- añadió con aire sombrío e irritado-. Si es preciso primero instruir al pueblo y cambiar luego las condiciones de la existencia, o empezar primeramente por cambiar éstas; luego nos preguntamos cómo luchar: ¿por la propaganda pacífica o por el terror? Discutimos, sí... Pero ellos, ellos no discuten, saben lo que se hacen. Les importa poco que decenas y centenares de hombres tengan o no que ser sacrificados, ¡y qué hombres! Es más, les hace falta precisamente que sean los mejores los sacrificados. Sí, Hertzen decía que cuando se retiró de la circulación a los decembristas, se rebajó el nivel general de la sociedad. ¡Claro que se rebajó! Luego retiraron de la circulación a Hertzen mismo y a sus compañeros. ¡Ahora les toca el turno a los Neverovs!

-¡No los destruirán a todos!- dijo Nabatov con voz viril-. Siempre quedarán los suficientes para hacer pequeños.

-No, no quedarán si tenemos lástima de los tiranos- dijo Kryltsov elevando la voz-. Dame un cigarrillo.

-Pero tú no estás bien, Anatolii-dijo María Pavlovna . Te lo ruego, no fumes.

-¡Déjame en paz!- exclamó él con mal humor. Y encendió el cigarrillo; pero inmediatamente le dio un ataque de tos y sintió como deseos de vomitar. Después de haber escupido, continuó-: No, no hemos hecho lo que hacía falta. Basta de discusiones: ¡todos unidos... y aniquilarlos!

-Pero ellos también son hombres- dijo Nejludov.

No, no son hombres. No son hombres quienes pueden hacer lo que ellos hacen. Se dice ahora que acaban de inventar bombas y globos. Pues bien, montar en globo y espolvorearlos con bombas como si fueran chinches, hasta que todos revienten... Sí, porque...- pero no acabó; todo enrojecido, tuvo un ataque de tos más violento aún y le salió sangre por la boca.

Nabatov corrió a buscar nieve. Maria Pavlovna vertió en un vaso unas gotas de tintura de valeriana y se lo llevó a Kryltsov. Pero él, con los ojos cerrados y la respiración entrecortada, apartaba a la joven con su mano delgada y blanca. Cuando la nieve y el agua fría lo hubieron calmado un poco, y lo acostaron para pasar la noche, Nejludov se despidió y salió con el suboficial, que lo esperaba desde hacía mucho tiempo.

Los presos comunes se habían callado y la mayor parte dormía. Aunque en las celdas había gente en las camas, y debajo, y en los pasillos, los presos no habían podido acomodarse todos, y muchos se habían tendido en el corredor, la cabeza sobre sus sacos y tapados con sus húmedos capotes.

Por la puerta de las celdas y en el corredor se oían ronquidos, suspiros, palabras pronunciadas en sueños. Únicamente no dormían, en la celda de los solteros, algunos hombres agrupados alrededor de un cabo de vela, apagada aprisa al acercarse el suboficial; y, en el corredor, cerca de una lámpara, un viejo desnudo que quitaba piojos de su ropa. El aire hediondo del local de los condenados políticos parecía puro en comparación con la podredumbre sofocante que reinaba aquí. La humeante lámpara ardía como en medio de una neblina y se respiraba con dificultad. Para pasar por el corredor sin pisar a algún durmiente hacía falta antes buscar un sitio vacío donde poner el pie, y eso a cada paso. Tres hombres que no habían podido colocarse ni siquiera en el corredor se habían tendido en el vestíbulo, cerca de la cubeta de la que rezumaba un líquido infecto. Uno de ellos era un viejo idiota que Nejludov había encontrado a menudo durante el trayecto; un niño de diez años estaba acostado entre dos presos, sobre la pierna de uno de ellos, y la mejilla apoyada en su mano.

En cuanto estuvo en la calle, Nejludov se detuvo y aspiró largo tiempo a pleno pulmón el aire helado.

XIX

El cielo se había estrellado. Caminando sobre el fango helado, endurecido a medias solamente a trechos, Nejludov regresó al albergue; golpeó en el cristal negro; el mozo de anchos hombros vino, descalzo, a abrirle la puerta y lo introdujo en el vestíbulo. Allí, a la derecha, se oía el ronquido ruidoso de los carreteros en la sala común. Al fondo, detrás de la puerta que daba al patio, se percibía el ruido de las mandíbulas de los caballos masticando la cebada; a la izquierda estaba la puerta que daba paso a la habitación de los viajeros de calidad. Aquí se percibía un olor a ajenjo seco y a sudor. E1 ronquido regular de poderosos pulmones se elevaba por detrás de un biombo, y, en un jarrito de cristal rojo, una lamparilla ardía ante los iconos.

Nejludov se desnudó, tendió su manta de viaje sobre el diván de piel de topo, colocó su cojín de cuero y se acostó.

Rememoró todo lo que había visto y oído en el curso de aquella jornada. A pesar de lo inesperado e importante de su conversación con Simonson y Katucha, no se detuvo en este acontecimiento: sus ideas sobre el tema eran demasiado complicadas y demasiado confusas para que no tratase de apartarlas. Pero se acordaba con tanta más claridad del espectáculo de aquellos desgraciados asfixiándose a consecuencia de la falta de aire y en revuelta confusión en medio de aquel líquido escapado de la cubeta. Se acordaba sobre todo de aquel niño de rostro inocente acostado sobre la pierna del forzado.

Saber que en alguna parte, muy lejos, hay hombres que torturan a otros, sometiéndolos a toda clase de humillaciones y de sufrimientos, es una cosa muy distinta a asistir, durante tres meses, al espectáculo incesante del martirio de los unos por los otros. Ahora Nejludov se daba cuenta. Más de una vez, durante aquellos tres meses, se había preguntado: «¿Soy yo quien estoy loco, quien veo lo que los otros no ven, o bien los locos son los que hacen lo que veo?», pero los hombres, y había muchísimos, cometían los actos que lo asombraban y lo aterraban, con una certidumbre tan tranquila de la necesidad de esos actos, a incluso de su importancia y de su utilidad, que era difícil tenerlos a todos por locos; sin embargo, tampoco podía creer en su propia locura, porque tenía la absoluta convicción de que su pensamiento era claro. Por eso permanecía perplejo.

Lo que había visto durante aquellos tres meses se había condensado en la forma siguiente: con la ayuda de los tribunales y de la administración, se elegía, entre todos los hombres que vivían en libertad, a aquellos que eran los más nerviosos, ardientes, impresionables, bien dotados, fuertes, menos astutos y menos prudentes que los demás, en modo alguno más culpables y más peligrosos para la sociedad que aquellos a los que se dejaba en libertad; se les prendía, se les encerraba en las cárceles, se los colocaba en los lugares de deportación y de trabajos forzados, donde se los mantenía durante meses, años, en una ociosidad completa, en la despreocupación de la vida material, lejos de la naturaleza, de la familia, del trabajo, es decir, fuera de toda condición de vida natural y moral.

En segundo lugar, en estos diversos establecimientos, esos hombres eran sometidos a toda clase de humillaciones inútiles: cadenas, uniformes degradantes, cabellos rapados, es decir, que se les quitaba el principal motor de la vida recta de los débiles: el cuidado de la opinión de los hombres, la vergüenza, la conciencia de la dignidad humana.

En tercer lugar. estando su vida constantemente amenazada, sin hablar de los casos excepcionales, tales como las insolaciones, las inundaciones, el incendio, las epidemias, los golpes tan prodigados en las cárceles, se encontraban en ese estado de espíritu en que el hombre mejor, el más moral, comete, por instinto de conservación, los actos más crueles y los excusa en los demás.

En cuarto lugar, esos hombres estaban obligados a sufrir la promiscuidad de hombres excepcionalmente pervertidos (precisamente por esas mismas instituciones): viciosos, asesinos, malhechores que actuaban, como la levadura en la masa, sobre sus compañeros todavía incompletamente depravados por los medios repetidos que se utilizaban para con ellos.

En quinto lugar, en fin, martirizando a los niños, a las mujeres, a los viejos, golpeando, azotando, dando premios a los que entregaban a los fugitivos, vivos o muertos, separando a los maridos de las mujeres y emparejando mujeres desconocidas con hombres desconocidos, fusilando, ahorcando, se persuadía a los perseguidos, con los medios más convincentes, de que las violencias y las crueldades de toda índole, lejos de estar prohibidas, están autorizadas por el gobierno cuando se cometen en interés suyo y son de un empleo tanto más legítimo por parte de los que sufren el yugo, la necesidad y la desgracia.

«Se diría que estas instituciones han sido inventadas expresamente para condensar en el más alto grado todo el vicio, toda la depravación que no se habría podido alcanzar de ninguna otra manera, y eso, con el fin de esparcirlos seguidamente lo más posible en la masa popular. Se diría que se han planteado el problema de encontrar el medio mejor y más seguro de corromper al mayor número posible de hombres», pensaba Nejludov, reflexionando sobre lo que ocurría en las cárceles y en los establecimientos penitenciarios. Centenares y millares de hombres son llevados cada año al más alto grado de depravación; luego se les suelta a fin de que propaguen los gérmenes de perversidad en las capas populares.

Nejludov había visto de sobra en las cárceles de Tumen, Ekatetineburg, Tomsk, y durante los altos, con qué éxito se logra este objetivo que la sociedad parece perseguir. Hombres sencillos, que poseen los principios habituales de la moral social rusa, campesina y cristiana, abandonaban estas concepciones y, en las cárceles, asimilaban otras nuevas, consistentes sobre todo en reconocer como lícita y provechosa cualquier violencia ejercida sobre la criatura humana. Los hombres que habían vivido en la cárcel aprendieron en ella, con todo su ser, que, en vista del trato que sufrían, todas las leyes de respeto y de compasión al prójimo, predicadas en las cátedras eclesiásticas o laicas, estaban en realidad abrogadas y que no tenían por qué cumplirlas. Nejludov había comprobado esta acción deprimente sobre todos los presos que él conocía: sobre Fedorov, sobre Makar a incluso sobre Tarass, quien, después de haber vivido durante dos meses la vida de las etapas, lo había dejado estupefacto por la inmoralidad de sus razonamientos.

En ruta, se había enterado igualmente de cómo los presos que se fugan por la taiga arrastran con ellos a compañeros, luego los matan y se alimentan con su carne. Él mismo había visto a un hombre vivo acusado de esta monstruosidad y que la confesaba. Y lo terrible de esta situación era que ese caso de antropofagia no era un caso aislado, sino bastante frecuente.

Sólo por un cultivo particular del vicio, cultivo al que se dedicaban en estas instituciones, se había podido llevar al ruso al estado al que había llegado de vagabundo, precursor de la recentísima doctrina de Nietzsche, que considera que todo es posible y que todo está permitido, cultivo que propaga esta doctrina primero entre los presos y luego en el pueblo ruso.

La única explicación de todos estos procedimientos represivos podía ser el deseo de limitar los crímenes, de espantar, de corregir y de vengar legalmente, como se escribe en los libros; pero en realidad nada de aquello existía. En lugar de limitar los crímenes, no se hacía más que propagarlos; en lugar de intimidar, no se hacía más que alentar a los criminales, muchos de los cuales, principalmente los vagabundos, buscaban el encarcelamiento; en lugar de corregir, se desarrollaba el contagio sistemático de todos los vicios, y lejos de reducir el deseo de la venganza con los castigos administrativos, se lo hacía pacer en el pueblo, allí donde no existía antes.

«Pero entonces, ¿por qué hacen todo eso?», se preguntaba Nejludov, sin encontrar respuesta alguna.

Lo que más le asombraba era que todo aquello no se hacía por puro azar, por equivocación, una vez, sino siempre, desde hacía siglos, con esta sola diferencia: que antiguamente se arrancaba a los presos la nariz, se les cortaba las orejas, se les marcaba con hierro al rojo y se los trasladaba en carretas, en tanto que ahora se los conducía con esposas y en máquinas de vapor.

La razón invocada por los funcionarios de que los hechos por los que él se indignaba procedían de la imperfección de los lugares de detención y de deportación y que todo aquello podía ser mejorado con la creación de cárceles de un nuevo modelo, no satisfacía en absoluto a Nejludov. Comprendía, en efecto, que su indignación no tenía por causa el arreglo más o menos confortable de las cárceles y de las prisiones. Los libros le habían enseñado, desde luego, la existencia de cárceles perfeccionadas, con timbres eléctricos, y el suplicio eléctrico recomendado por Tarde; pero estas violencias perfeccionadas sólo conseguían indignarlo aún más.

Lo que le indignaba sobre todo era que los tribunales y los ministerios estaban compuestos por hombres que recibían crecidos sueldos, sacados del pueblo, en recompensa de que consultaban libros escritos por funcionarios como ellos y por el mismo motivo; que en esos libros encontraban un artículo correspondiente a cada acción que viola las leyes que ellos han escrito y que en virtud de ese artículo enviaban a hombres a alguna parte, muy lejos, allí donde no los veían ya y donde esos desgraciados, abandonados a los plenos poderes de directores, vigilantes, guardianes crueles y embrutecidos, perecían a millones, moral y físicamente.

Por la frecuentación más asidua a las prisiones y a las penitenciarías, Nejludov había podido darse cuenta de que todos los vicios que se desarrollan entre los presos: la embriaguez, el juego, la insensibilidad, y todos los espantosos crímenes cometidos por ellos, incluyendo la antropofagia, no son en modo alguno efecto del azar o resultado de la degeneración, de la monstruosidad del tipo criminal, como afirman sabios miopes, en provecho del gobierno, sino consecuencia forzosa de un error inexplicable, que consiste en creer que unos hombres pueden castigar a otros. Nejludov se daba cuenta de que la antropofagia empieza, no en la taiga, sino en los ministerios, en las comisiones y subcomisiones, y que en la taiga no hace más que acabar; se daba cuenta de que, por ejemplo, su cuñado, como por lo demás todos los magistrados y los funcionarios, desde el alguacil al ministro, no se cuidaban de la justicia o del bien del pueblo, como decían, sino de los rublos que les pagaban por cumplir la obra de la que resultaban toda aquella depravación y toda aquella miseria. Eso era evidente.

«¿Es posible, pues, que este estado de cosas sea consecuencia de una equivocación? ¿Cómo hacer entonces para asegurar a todos esos funcionarios sus sueldos, a incluso darles una prima, para que no hagan lo que hacen?», pensaba Nejludov. Y, tras esta pregunta, después del segundo canto del gallo, a pesar de las pulgas que, al menor movimiento, surgían alrededor de él como de una fuente, se durmió con un profundo sueño.

XX

Cuando Nejludov se despertó, los carreteros se habían marchado desde hacía mucho tiempo; la patrona había tomado ya el té y, secándose con el pañuelo el grueso cuello sudoroso, entró para decirle que un soldado de la escolta había traído una carta. Era de María Pavlovna, quien le escribía para informarlo de que la crisis de Kryltsov era más seria de lo que se había creído: «Primeramente, queríamos dejarlo aquí y quedarnos con él, pero no nos lo han permitido. Lo llevamos por tanto con nosotros, corriendo el riesgo de un desenlace fatal. Procure usted, en cuanto llegue a la ciudad, actuar de forma que, si lo dejan allí, dejen con él a alguno de nosotros. Si para eso fuera necesario casarse con él, yo lo haría.»

Nejludov envió al muchacho del albergue a la estación de postas para buscar caballos, y se apresuró a hacer sus maletas. No había acabado todavía su segundo vaso de té cuando ya el coche de postas, enjaezado como una troika, con todos los cascabeles sonando y las ruedas rebotando sobre la tierra endurecida como piedra, se detuvo ante la escalinata. Pagó la cuenta, se apresuró a salir y subió a la talega, dando la orden de ir lo más aprisa posible, con objeto de alcanzar al convoy. No lejos del pueblo llegó, en efecto, junto a las carretas abarrotadas de sacos y de enfermos. El oficial había marchado adelante.

Los soldados, que seguramente habían bebido un poco, charlaban con regocijo caminando detrás y a los dos costados de la carretera. Las carretas eran numerosas. En cada una de las de delante iban amontonados seis «criminales» enfermos, y en cada una de las tres carretas de atrás, tres «políticos». En la última del todo estaban sentados Novodvorod, Grabetz y Kondratiev; en la segunda, Rantseva, Nabatov y aquella mujer enferma a la que María Pavlovna había cedido su plaza. En la primera, sobre heno y cojines, estaba tendido Kryltsov, teniendo cerca de él a María Pavlovna.

Nejludov detuvo su coche junto a Kryltsov y se acercó a él. Uno de los soldados de la escolta, muy achispado, hizo señas, agitando los brazos, para que no se acercara, pero Nejludov no le hizo caso y caminó al lado de la carreta apoyándose en ella con una mano. Kryitsov, con túnica de piel de carnero con la lana por la parte de dentro, y gorro de astracán, tapada la boca con un pañuelo de cuello, parecía más delgado y más pálido que nunca; sus hermosos ojos se agrandaron y centellearon. Débilmente sacudido por los traqueteos, no apartaba los ojos de Nejludov; y a la pregunta de éste sobre su salud, se limitó a bajar los párpados y a sacudir la cabeza con mal humor; por lo visto, toda su energía se gastaba en soportar los traqueteos. María Pavlovna estaba sentada al otro extremo de la carreta. Cambió con Nejludov una mirada significativa que expresaba su inquietud en cuanto al estado de Kryltsov, a inmediatamente dijo con tono jovial:

-El oficial ha debido de avergonzarse- gritó, lo bastante alto para que su voz dominase el ruido de las ruedas-. Le han quitado las esposas a Buzovkin. Él mismo lleva a su hijita y camina con Katucha, Simonson y Vera, a la que he sustituido.

Kryltsov pronunció algunas palabras confusas señalando a María Pavlovna; su rostro se contrajo en el esfuerzo que hizo por retener la tos, y de nuevo agachó la cabeza. Nejludov aproximó el oído para escuchar mejor. El enfermo liberó su boca del pañuelo y murmuró:

-Ahora estoy mucho mejor. Con tal que no coja frío...

Nejludov inclinó la cabeza en señal de asentimiento y cambió una mirada con María Pavlovna.

-Bueno, ¿y el problema de los tres cuerpos?- murmuró Kryltsov, sonriendo penosamente-. Solución espinosa.

Como Nejludov no comprendía, María Pavlovna le explicó que se trataba del famoso problema matemático sobre la relación de los tres cuerpos: el Sol, la Luna y la Tierra, y que Kryltsov, bromeando, había imaginado hacer de eso un punto de comparación con las relaciones existentes entre Nejludov, Katucha y Simonson. Kryltsov meneó la cabeza para aprobar la explicación de María Pavlovna.

-No soy yo quien tengo que resolverlo- dijo Nejludov.

-¿Recibió usted mi billete? ¿Lo hará usted?- preguntó la joven.

-Desde luego- respondió Nejludov. Y viendo algo de descontento en el rostro de Kryltsov, se alejó y volvió a subir a su talega; con las manos en los bordes, para sujetarse, se esforzó en adelantar al convoy de capotes grises y de pellizas de los encadenados, que se extendía a lo largo de una versta. Después de un rato de camino, Nejludov reconoció el pañuelo de Katucha, el abrigo negro de Vera Efremovna, la chaqueta y el gorro de punto de Simonson, así como las medias de lana blanca de este último, ceñidas por correas a modo de sandalias. Caminaba al lado de las dos mujeres y parecía hablar con calor. Al distinguir a Nejludov, las mujeres lo saludaron mientras Simonson levantaba su gorro con aire solemne. Nejludov, no teniendo nada que decides, los rebasó sin detenerse.

Dejando el convoy atrás y volviendo a encontrar la carretera principal, el cochero aligeró la marcha, pero a cada momento tenía que apartarse para dejar paso a carros que circulaban en gran número. El camino, todo lleno de profundos surcos, atravesaba un sombrío bosque de chopos y de alerces que, por los dos lados, ostentaban sus hojas de color de arena próximas a caer. A mitad de camino, el bosque cesaba; a derecha á izquierda aparecieron campos; luego, las cruces doradas y las cúpulas de un monasterio. El día prometía ser hermoso, y las nubes se disipaban; el sol se levantó por encima del bosque, y el follaje húmedo, los charcos de agua, las cúpulas, las cruces, se pusieron a centellear bajo sus rayos. Al frente y a la derecha, en la lejanía violácea, blanquearon unas montañas.

La troika penetró en un gran pueblo que ya hacía presentir la ciudad. La calle estaba llena de gente, rusos y siberianos, éstos con su extraño gorro y su amplia levita; hombres y mujeres, con algunos que otros borrachos, pululaban y bordoneahan ante las tiendas, las posadas, las tabernas y las carretas. La ciudad no estaba lejos.

Azotando y recogiendo a su caballo por la derecha a inclinándose de lado en su asiento para llevar igualmente las guías a la derecha, el cochero de postas, queriendo seguramente lucirse, lanzó el coche por la carretera principal y llegó así cerca del río, al sitio donde se encontraba la balsa. Ésta se hallaba en aquel momento en medio del curso de agua rápida y regresaba hacia este lado, donde la aguardaban una veintena de carretas. Nejludov no tuvo que esperar mucho tiempo. Los remeros bogaban contra corriente, contrarrestando la rapidez del agua, con lo que la balsa atracó pronto a las planchas del embarcadero. Los balseros, altos muchachotes musculosos, de anchos hombros, con pellizas de piel de carnero, lanzaron silenciosamente las amarras, con un ademán hábil y familiar, y las fijaron a los postes; habiendo bajado seguidamente la pasarela, dejaron salir a la orilla las carretas que habían transportado; luego se pusieron a embarcar las demás, apretando una al costado de otra, así como a los caballos, que se espantaban del agua. El ancho y rápido río golpeaba en los flancos de las barcas que sostenían la balsa, y el cable se tensaba. Cuando ya no hubo más sitio y la talega de Nejludov, desenganchados los caballos y aprisionados en medio de las carretas, fue colocada cerca de un borde, los balseros, sin preocuparse ya de los ruegos de quienes no habían podido encontrar sitio, alzaron la pasarela, soltaron las amarras y se lanzaron a navegar. En la balsa reinaba el silencio, entrecortado solamente por los pasos de los balseros y los golpes, sobre las planchas, de los cascos de los caballos, que cambiaban alternativamente el apoyo de sus patas.

XXI

Nejludov estaba en pie al borde de la balsa y contemplaba la corriente fugitiva. Dos imágenes pasaban una y otra vez ante sus ojos: la cabeza oscilante de Kryltsov, que, con acrimonia, se moría; y el rostro de Katucha, caminando con paso firme al borde de la carretera, al lado de Simonson. La primera impresión: la vista de Kryltsov que se moría y que no se resignaba a la muerte, resultaba penosa y triste; y en cuanto a la segunda: la visión de Katucha, beneficiándose del amor de un hombre como Simonson y metida en lo sucesivo en la vía firme y segura del bien, habría debido alegrar a Nejludov, y sin embargo le resultaba tan penosa, que no podía soportar su peso.

Sobre la superficie del agua vibraba, llegado de la ciudad, un tañido, un temblor de cobre que brotaba de una gran campana. El cochero de posta y todos los carreteros se quitaron sucesivamente el gorro a hicieron la señal de la cruz. Un viejecillo harapiento, colocado más cerca del borde que los demás, no se persignó y, levantando la cabeza, clavó los ojos en Nejludov, quien aún no se había fijado en él. Aquel viejecillo iba vestido con un caftán remendado, un pantalón de paño y zapatos con los tacones comidos. Del hombro le colgaba un saquito y se tocaba la cabeza con un alto gorro de piel todo raído.

-¿Y tú, viejo, por qué no rezas?-le preguntó el cochero de Nejludov, volviendo a encasquetarse el gorro- ¿Es que no estás bautizado?

-¿Y a quién rezar?- replicó, con aire resuelto y provocativo, el viejo harapiento, machacando las sílabas.

-Ya se sabe a quién: a Dios- dijo el cochero con tono irónico.

-Pues muéstrame dónde está tu Dios.

Los rasgos del anciano expresaron tanta seriedad y firmeza, que el cochero, comprendiendo que tenía que enfrentarse con alguien más astuto que él, se turbó ligeramente; pero no dejó traslucir nada, y, para no parecer que quedaba por debajo ante el público atento a la discusión, replicó vivamente:

-¿Dónde? Ya se sabe: en el cielo.

-¿Es que tú has ido allí?

-Que yo haya ido o no, poco importa; todo el mundo sabe que hay que rezarle a Dios.

-Nadie ha visto a Dios en ninguna parte. Su Hijo, de la misma esencia, y que está en el seno del Padre, es el que lo ha revelado-dijo el viejo con la misma vivacidad y aire grave y sombrío.

-Sin duda, tú no eres cristiano. Eres un pagano, rezas al vacío- dijo el cochero, metiéndose el mango del látigo en el cinto y arreglando los arneses de sus caballos.

Alguien se echó a reír.

-Bueno, padrecito, ¿de qué religión eres tú?- preguntó un campesino de cierta edad que se mantenía al borde de la balsa, al lado de su carreta.

-No tengo religión ninguna. Tampoco creo en nadie, sino en mí mismo-respondió el anciano con la misma pronta decisión.

-¿Y cómo puede creer uno en sí mismo?- dijo Nejludov, interviniendo-. Uno puede equivocarse.

-¡Nunca jamás!- dijo el viejo, sacudiendo la cabeza.

-¿Por qué hay entonces varias religiones?- insistió Nejludov.

-Pues precisamente porque se cree a los demás en lugar de creer uno en sí mismo. Por mi parte, creí en los hombres y anduve sin rumbo como si estuviera en la taiga. Me perdí hasta el punto de temer que ya no podría salir de allí. Lo mismo los viejos creyentes que los nuevos creyentes, y los Subotniki, y los llysty, y los Popovtsy, y los Bezpopovtsy, y los Austriaks, y los Molokanes, y los Skoptsy, todos alaban su religión como si fuera la única, y todos se han extraviado como una jauría de perros jóvenes todavía ciegos. La fe es múltiple, pero el Espíritu es uno. En ti, en mí, en él: eso quiere decir que cada cual debe creer en su espíritu y así todos estarán unidos. Que cada cual sea él mismo, y todos se asemejarán.

El viejo hablaba alto, sin dejar de mirar en torno de él, con el deseo manifiesto de ser oído por el mayor número posible.

-¿Hace mucho tiempo que opina usted así?- preguntó Nejludov.

-¿Yo? Sí, hace mucho tiempo. Hace más de veintidós años que me persiguen.

-¿Cómo es eso?

-Lo mismo que persiguieron al Cristo. Me cogen y me llevan ante los tribunales, ante los popes, los doctores, los fariseos; incluso me encerraron en un manicomio. Pero no pueden nada contra mí, porque soy libre. «¿Cómo lo llaman?», me dicen. Ellos creen que me daré cualquier título, pero no acepto ninguno. He renegado de todo: nombre, región, patria, no tengo nada: soy yo mismo. ¿Que cómo me llaman? ¡Un hombre! « ¿Y qué edad? » No cuento los años, digo yo, y me es imposible contarlos, porque siempre he sido y siempre seré. «¿Quiénes son tu padre y tu madre?», dicen. No tengo ni padre ni madre, respondo, excepto Dios y la Tierra: Dios es el padre, la Tierra es la madre. «¿Y al zar, lo reconoces?», dicen ellos. ¿Por qué no reconocerlo? Él es su zar, y, por mi parte, yo soy mi zar. «Vamos, ya has hablado bastante», dicen. No te pido que hables conmigo, respondo yo. Y entonces me cargan de miserias.

-¿Adónde va usted ahora?- le preguntó Nejludov.

-Adonde Dios me lleve. Cuando tengo trabajo, lo hago; cuando no lo tengo, mendigo- respondió, al notar que la balsa se acercaba a la otra orilla, y paseando sobre todos sus oyentes una mirada triunfal.

La balsa atracó. Nejludov sacó su portamonedas y tendió al viejo una moneda, que éste rehusó.

-No acepto eso; tomo pan.

-Entonces, perdone.

-No hay nada que perdonar. No me has ofendido. Y sería difícil ofenderme-dijo el viejo, volviéndose a colocar al hombro el saco que había soltado en el suelo.

Una vez en tierra la talega de postas, volvieron a enganchar los caballos.

-¿Para qué hablarle, barin?- dijo el cochero a Nejludov cuando éste, después de haber dado una propina a los balseros, volvía a subir al coche-. ¡Un vagabundo despreciable!

XXII

Después de haber subido la cuesta, el cochero volvió la cabeza.

-¿A qué hotel hay que llevarlo?

-¿Cuál es el mejor?

-El mejor es el «Siberiano»; pero tampoco se está mal en casa de Dukov.

-Donde tú quieras.

El cochero volvió a mirar al frente y aceleró la marcha.

La ciudad era como todas las ciudades: las mismas casas con tejados verdes, la misma catedral, las mismas tiendas y almacenes en la calle principal y hasta los mismos agentes de policía. La única diferencia consistía en que todas las casas eran de madera y en que las calles no estaban pavimentadas. En una de las más animadas de estas calles, la troika se detuvo ante la escalinata de un hotel. Pero no había ninguna habitación libre y hubo que ir a buscar una en otro hotel.

Por primera vez, después de dos meses, Nejludov volvió a hallarse en las condiciones de limpieza y de comodidad relativas a las que estaba acostumbrado. Por poco lujosa que fuese la habitación, se sintió sin embargo complacido después de los coches de postas, los albergues y los relevos. Sobre todo, tenía que quitarse los piojos, de los que nunca se había podido librar por completo desde que visitaba a los presos.

Después de haber abierto sus maletas, se dirigió inmediatamente al baño; luego volvió a ponerse su ropa de ciudad: camisa almidonada, pantalón, redingote y abrigo, que tenía la huella de los pliegues, y se dirigió a casa del gobernador general.

Llamado por el portero del hotel, un coche, tirado por un caballo quirguiz de buena talla y bien nutrido, depositó a Nejludov ante un amplio y hermoso edificio guardado por centinelas y por un agente de policía. Delante y detrás se extendía un jardín donde, entre las desnudas ramas de los álamos y de los chopos verdeaban, espesos y oscuros, pinos y abetos.

El general estaba indispuesto y no recibía. Pero Nejludov le insistió al lacayo para que pasase su tarjeta de visita; el lacayo volvió con una respuesta favorable.

El general le ruega que entre.

El imponente vestíbulo, el lacayo, los centinelas, la escalera, el gran salón con su brillante parqué encerado, todo aquello recordaba a Petersburgo, salvo que era un poco más sucio y más majestuoso. Hicieron entrar a Nejludov en el despacho.

Ligeramente abotagado, con una nariz como una patata, protuberancias en la frente y en el calvo cráneo, bolsas bajo los ojos, el general, hombre sanguíneo, estaba sentado, envuelto en un batín tártaro de seda; con el cigarrillo en los dedos, bebía té en un vaso con soporte de plata.

-Buenos días, padrecito. Perdóneme que lo reciba en batín. Por lo menos es mejor que no recibirlo- dijo, cerrando la prenda sobre su poderoso cuello-. No estoy muy bien y no salgo. ¿Qué buen viento lo trae por estos confines del mundo?

-Vengo acompañando al convoy de presos entre los cuales se encuentra una persona que me interesa muchísimo- replicó Nejludov , y he venido a solicitar una gracia de vuecencia, tanto en favor de esa persona como por otro motivo.

El general aspiró el humo de su cigarrillo, bebió un sorbo de té, apagó el cigarrillo en el cenicero de malaquita y, sin apartar de Nejludov sus ojos estrechos y chispeantes ahogados por la grasa, lo escuchó con aire grave. No lo interrumpió más que para preguntarle si deseaba fumar.

El general pertenecía a esa categoría de militares sabios que creen posible conciliar el espíritu liberal, humanitario, con su profesión. Pero, inteligente y bueno por naturaleza, pronto se había dado cuenta de la imposibilidad de esta conciliación y, para ocultarse el desacuerdo interior en que se encontraba constantemente, se entregaba cada vez más a la costumbre, tan extendida entre los militares, de beber mucho alcohol; y esta costumbre se había hecho en él tan inveterada, que, después de treinta y cinco años de servicios militares, se había convertido en lo que los médicos llaman un alcohólico. Estaba todo empapado en alcohol. Le bastaba tomar un poco de licor para sentir inmediatamente los efectos de la embriaguez. Pero el alcohol era para él una cosa indispensable, y a la caída de la tarde se encontraba completamente borracho, pero lo bastante entrenado para no titubear ni divagar. Incluso si se le escapaba alguna extravagancia, ocupaba un puesto tan elevado, que cualquier tontería dicha por él era, a pesar de todo, considerada cosa sensata. Solamente por las mañanas, como Nejludov lo encontraba en aquellos momentos, tenía toda su razón, podía comprender lo que le decían y llevar a cabo con más o menos éxito el proverbio ruso que le gustaba repetir: «Borracho, pero inteligente: ¡dos cualidades en él! » En las esferas gubernamentales se conocía su vicio, pero sabían también que era más instruido que los demás- aunque su instrucción se hubiese detenido en el punto donde había empezado a predominar la botella-, atrevido, hábil, representativo, con tacto, incluso en estado de embriaguez; por eso lo habían nombrado para la plaza que ocupaba y lo mantenían en ella.

Nejludov contó al general que la persona por la que se interesaba era una mujer, condenada injustamente, y que había presentado en favor de ella un recurso de gracia al emperador.

-Perfectamente, y entonces, ¿qué?- dijo el general.

-Me habían prometido, de Petersburgo, que me informarían sobre la suerte de esa mujer lo más tarde en el mes actual, y aquí mismo...

Sin apartar los ojos de Nejludov, el general avanzó sus cortos dedos sobre la mesa, llamó y continuó escuchando, fumando y tosiendo ruidosamente.

-Quisiera pedirle a usted, si la cosa es posible, retener a esa mujer aquí hasta la llegada de la respuesta.

El lacayo, un asistente con uniforme militar, entró.

-Pregunta si está ya levantada Ana Vassilievna- dijo el general- y trae más té. ¿Y qué más?- preguntó, volviéndose hacia Nejludov.

-Mi segundo ruego se refiere a un preso, político que forma parte del mismo convoy.

-¡Ah, caramba!- dijo el general con un significativo movimiento de cabeza.

-Está gravemente enfermo, moribundo, y sin duda lo dejarán aquí en el hospital. Pues bien, una de las condenadas políticas querría quedarse a cuidarlo.

-¿Le toca algo?

-No; pero está dispuesta a casarse con él si ésa es una condición para poder quedarse.

Con sus brillantes ojos, el general escrutó fijamente y en silencio a su interlocutor, con un visible deseo de turbarlo, y sin dejar de fumar.

Cuando Nejludov hubo acabado de hablar, el gobernador cogió un libro que tenía sobre la mesa; se humedeció los dedos para hojearlo rápidamente, encontró el artículo relativo al casamiento y lo leyó.

-¿A qué pena está ella condenada?- preguntó, apartando la vista del libro.

-A trabajos forzados.

-Entonces, la situación no mejoraría con el casamiento.

-Pero...

-Permítame. Si ella se casara con un hombre libre, tendría de todos modos que purgar su pena. Se trata de saber cuál de los dos está condenado a la más fuerte.

-Los dos están condenados a trabajos forzados.

-Entonces, están empatados- dijo, riendo, el general-. A él se le puede dejar, a causa de su enfermedad- prosiguió-, y ni que decir tiene que se hará todo lo posible por curarlo; pero en cuanto a ella, aunque se casase con él, no puede quedarse aquí.

-La generala está tomando el café- anunció el lacayo.

El general aprobó con la cabeza y continuó:

-Por lo demás, voy a reflexionar. ¿Cómo se llaman? Apúntelo usted aquí.

Nejludov hizo la anotación. .

-Tampoco puedo concederle eso- respondió el general cuando Nejludov le rogó que le dejase ver al enfermo-. Desde luego, no sospecho nada de usted; pero usted se interesa por él y por los demás, y usted tiene dinero. Y aquí se compra todo. Me dicen que extirpe la concusión. ¿Cómo extirparla, si todos son concusionarios? Y cuanto menor es la categoría del funcionario, tanto más toma. ¿Qué quiere usted? ¿Cómo puedo controlar a un hombre a una distancia de cinco mil verstas? Él es allí un pequeño zar como, por lo demás, lo soy yo aquí- y se echó a reír-. Sin duda, usted ha tenido entrevistas con los condenados políticos; usted ha dado dinero y le han dejado pasar, ¿no es así?- dijo con una sonrisa.

-Sí, es verdad.

-Le comprendo; se veía usted obligado a obrar así. Usted quiere ver a un «político», del que tiene usted lástima. Entonces, el vigilante jefe, o un suboficial de la escolta, acepta su propina, porque él recibe por todo sueldo algunos miserables copeques, tiene una familia y no sabría negarse. En su lugar, lo mismo que en el de usted, yo haría lo mismo; pero en el mío, no puedo permitirme apartarme lo más mínimo del reglamento, precisamente porque soy un hombre y puedo ser accesible a la piedad. Ahora bien, soy el ejecutor de las órdenes dadas; han tenido confianza en mí bajo ciertas condiciones y debo justificar esa confianza. Esta cuestión queda, pues, zanjada. Y ahora, cuénteme lo que pasa entre ustedes, en la metrópoli.

El general se puso a preguntar, a contar, con el doble deseo de enterarse de noticias y de hacer valer toda su importancia y todo su humanitarismo.

XXIII

Bueno, y hablando de otra cosa, ¿dónde se ha alojado usted? ¿En casa de Duc? Se está allí tan mal como en los demás hoteles. Pero venga a cenar-dijo el general, acompañando hasta la puerta a Nejludov- A eso de las cinco. ¿Habla usted inglés?

-Sí.

-Entonces, perfecto. Mire usted, ha llegado aquí un turista inglés. Estudia los lugares de deportación y las prisiones de Siberia. Cena con nosotros; así, pues, venga usted también. Cenamos a las cinco, y a mi mujer le gusta la puntualidad. Le daré al mismo tiempo la respuesta respecto a esa mujer y también respecto al enfermo. Quizá pueda dejarse a alguien con él.

Nejludov se despidió del general. En vena de actividad, se dirigió a la oficina de correos.

La oficina donde entró era baja y abovedada; detrás de los pupitres estaban sentados los empleados, que distribuían la correspondencia a un numeroso público. Uno de ellos, la cabeza inclinada a un lado, no dejaba de golpear con un matasellos los sobres que hacía deslizar hábilmente. Al decir su nombre, aten-dieron inmediatamente a Nejludov y le entregaron una correspondencia bastante voluminosa. Había allí paquetes, varias cartas, libros y el último ejemplar del Mensajero de Europa. En posesión de su correspondencia, se apartó y se acomodó en un banco donde, en actitud expectante, estaba sentado un soldado portador de un registro; Nejludov se colocó junto a él y examinó los envíos. Entre sus cartas había una certificada, en un hermoso sobre cerrado por un sello muy limpio de deslumbrante lacre rojo. Lo abrió y, al ver que era una carta de Selenin, acompañada de un papel administrativo, sintió que la sangre le afluía al rostro y que se le apretaba el corazón. Era la solución del asunto de Katucha. ¿Cuál podría ser esa solución? ¿Sería una negativa? Nejludov recorrió rápidamente la letra fina, poco legible, rota, pero firme, y lanzó un suspiro de alivio: la solución era favorable.

«Querido amigo- escribía Selenin-: Nuestra última conversación me dejó profundamente impresionado. Tenías razón en lo que se refiere a Maslova. He examinado atentamente los autos y he comprobado que se había cometido una atroz injusticia con ella. Pero no se podía remediarla más que dirigiendo, como tú has hecho, una instancia a la comisión de gracias. He podido ayudar a la solución del asunto y te incluyo aquí copia de la gracia a la dirección que me ha indicado la condesa Catalina Ivanovna. El acta auténtica ha sido enviada a la sede del tribunal que juzgó a tu protegida y sin duda la transmitirán urgentemente a la cancillería de Siberia. Me apresuro a comunicarte esta agradable noticia. Te estrecho cordialmente la mano.

»Tuyo, Selenín.»

El documento administrativo estaba concebido así:

«Cancillería encargada de las peticiones dirigidas a S. M. Imperial.- Tal asunto, tal jurisdicción, tal departamento, tal fecha-. Por orden del director de la Cancillería encargada de las peticiones dirigidas a S. M. Imperial, se hace saber a la mestchanka Catalina Maslova que S. M. el Emperador, sobre el informe que le ha sido humildemente presentado con relación a la instancia de Maslova, se ha dignado ordenar que su condena a trabajos forzados sea conmutada por la pena de deportación en un lugar cercano a Siberia.»

La noticia era feliz e importante. Era todo lo que Nejludov podía desear para Katucha y para él mismo. Desde luego, este cambio en la situación de la joven daba nacimiento a nuevas complicaciones en sus relaciones mutuas. Mientras ella seguía siendo «forzada», el casamiento que él le proponía no podía ser más que ficticio y no tenía otro objeto que el de mejorar su situación. Ahora nada impedía que los dos hicieran vida matrimonial. Y Nejludov no estaba preparado para eso. Luego estaba también el incidente Simonson. ¿Qué significaban las palabras pronunciadas el día anterior por Katucha? Y, si consentía en unirse a Simonson, ¿sería eso un bien o un mal? No llegaba a poner en claro aquellos pensamientos, y los apartó.

«Todo se irá aclarando poco a poco- pensó-. Lo más urgente es verla, comunicarle la feliz noticia y hacer que la pongan en libertad.»

Creía suficiente para eso la copia que poseía. Al salir de la oficina de correos, dijo al cochero que lo llevara a la cárcel.

Aunque, por la mañana, el general no lo hubiera autorizado a visitar la cárcel, Nejludov, sabiendo por experiencia que lo que a menudo es imposible obtener de la autoridad superior se obtiene fácilmente de los inferiores, quiso intentar ver sin tardanza a Katucha, anunciarle la buena noticia, quizás incluso hacerla salir de la cárcel, preguntar al mismo tiempo por el estado de salud de Kryltsov y comunicarle, lo mismo que a María Pavlovna, la respuesta del general.

El director de la cárcel era un hombre alto y grueso, imponente, bigotudo, con patillas que le llegaban hasta las comisuras de la boca. Acogió muy severamente a Nejludov y le participó que, sin la autorización de los jefes, las entrevistas estaban prohibidas a los extraños. Al comentario de Nejludov de que lo habían dejado entrar, incluso en la capital, el director respondió:

-Es muy posible. Pero yo me opongo.

Su entonación significaba: «Ustedes, señores de la capital, creen asombrarnos; pero nosotros, incluso en la Siberia oriental, conocemos bastante los reglamentos para decir que no.»

La copia del oficio de la Cancillería particular tampoco ejerció efecto alguno. El director se negó rotundamente a admitir a Nejludov en el recinto de la prisión. En cuanto a la ingenua suposición de Nejludov de que Maslova podía quedar en libertad a la vista de aquella simple copia, respondió con una sonrisa desdeñosa, declarando que para poner a un preso en libertad le hacía falta una orden de su jefe directo; todo lo que podía prometer era informar a Maslova de su gracia y no detenerla ni un solo minuto en cuanto hubiera recibido la comunicación de sus jefes.

Se negó igualmente a dar detalles sobre la salud de Kryltsov, arguyendo que ni siquiera tenía derecho a decir que estaba en la cárcel un preso de ese nombre.

Así, sin haber obtenido nada, Nejludov volvió a subir a su coche y regresó al hotel.

Es cierto que la severidad del director tenía otro motivo: era que la prisión estaba atestada con doble número de presos del que debía contener normalmente, lo que había producido una epidemia de fiebre tifoidea.

En ruta, el cochero habló de eso:

-La población disminuye mucho en la cárcel; no sé qué enfermedad se los lleva, pero están enterrando hasta veinte personas por día.

XXIV

A pesar de su fracaso en la cárcel, Nejludov, siempre bajo el impulso de una actividad febril, se dirigió a la Cancillería del gobierno para preguntar si había llegado la comunicación oficial de la gracia de Maslova. No se había recibido nada, y Nejludov, al volver al hotel, escribió sin tardanza a Selenin y a su abogado para informarlos. Después de haber terminado sus camas, miró su reloj. Era hora de ir a cenar a casa del general.

Durante el trayecto, lo obsesionó de nuevo el pensamiento de la acogida que Katucha haría a su gracia. ¿Adónde la enviarían? ¿Cómo viviría él con ella? ¿Y Simonson, qué actitud adoptaría respecto a él? Recordó el cambio sobrevenido en ella y rememoró el pasado de la joven.

« ¡Hay que olvidar, hacer tabla rasa!- pensó, deseoso de alejar aquellos pensamientos-. Más adelante veremos.» Y se puso a reflexionar sobre to que diría al general.

Aquella cena en casa del gobernador, en medio del fausto de la gente rica, entre funcionarios de alta categoría, cosas todas tan familiares para Nejludov, le resultaba particularmente agradable después de la larga privación, no sólo de aquel lujo, sino incluso del confort más elemental.

La dueña de la casa era una gran dama petersburguesa de los viejos tiempos; antigua dama de honor en la corte de Nicolás I, hablaba naturalmente el francés, y el ruso en raras ocasiones. Su actitud era rígida y, en los movimientos que hacían sus manos, no separaba sus codos del talle. Testimoniaba a su marido un respeto tranquilo, ligeramente melancólico, y se mostraba afable con sus visitantes, pero con ciertos matices según la categoría de los mismos. Acogió a Nejludov en plan familiar, con un halago fino, imperceptible, lo que le recordó a él todos sus méritos y lo llenó de una agradable satisfacción. Ella le dio a entender que conocía el motivo un poco singular, pero digno, de su viaje a Siberia y que lo consideraba un hombre excepcional. Aquel elogio delicado y el lujo elegante que reinaba en la casa del general indujeron a Nejludov a abandonarse por completo al placer de saborear aquella rica decoración, la buena mesa, el agrado de la charla con personas distinguidas y de su mundo; como si todo lo que había ocurrido aquellos últimos días no fuera más que un sueño del que salía para volver a la realidad.

Además de los familiares de la casa (la hija del general con su marido y el ayudante de campo), estaban invitados a la cena el inglés que ya se ha mencionado, un propietario de minas de oro y un gobernador en tránsito, llegado del fondo de Siberia. A Nejludov le agradaba encontrarse con ellos.

El inglés, un hombre bien parecido, de vivos colores, que hablaba detestablemente el francés, pero, por el contrario, manejaba con gran elocuencia su lengua materna, había viajado mucho, visto muchas cosas, a interesaba al auditorio por sus relatos sobre América, la India, el Japón y Siberia.

El joven propietario de minas de oro, hijo de mujik, tenía en la camisa botonadura de brillantes y se hacía vestir en Londres; poseedor de una rica biblioteca, era también muy generoso con las obras de caridad y profesaba opiniones liberales. Era agradable a interesante para Nejludov, en el sentido de que representaba un tipo completamente nuevo: un injerto feliz de la cultura europea en el robusto árbol silvestre que es el mujik.

El gobernador de la lejana ciudad de Siberia era aquel mismo ex jefe de departamento en un ministerio del que tanto se había hablado durante la estancia de Nejludov en Petersburgo. Era un hombre orondo, de escasos cabellos rizados; los ojos, de un azul tierno; el vientre abombado, manos blancas y cuidadas, adornadas de sortijas, y sonrisa amable. El gobernador general, dueño de la casa, lo estimaba porque no se dejaba sobornar. La generala; por su parte, gustándole mucho la música y pianista de talento, lo apreciaba profundamente porque él sabía muy bien acompañarla a cuatro manos. Y el buen humor de Nejludov era tal, que aquel hombre tampoco le desagradaba.

Alegre, enérgico, azulado el mentón, ofreciendo a cada momento sus servicios, el ayudante de campo lo atraía por su aire de niño bueno.

Pero Nejludov se sentía seducido sobre todo por la hija del general y por su marido, pareja joven y encantadora. Ella no era bonita, pero sí muy simpática, y estaba absorbida por completo por sus dos primeros hijos; el marido, con quien se había casado por amor, después de una larga lucha contra sus padres, se había licenciado en la Facultad de Derecho de Moscú; modesto a inteligente, era un funcionario de opiniones liberales; se ocupaba de estadísticas, sobre todo de la relativa a las tribus de Siberia, que estudiaba con ardor, esforzándose en salvarlas de la desaparición progresiva.

No solamente se mostraban todos amables y afectuosos con Nejludov, sino que se les notaba claramente que se sentían felices por la imprevista llegada de un hombre tan interesante. El general se presentó de uniforme para cenar, la cruz blanca al cuello; saludó a Nejludov como a un viejo amigo y luego invitó a los convidados a tomar aguardiente y entremeses. A la pregunta del general sobre lo que había hecho después de su visita de la mañana, Nejludov le contó que había estado en Correos y había tenido la noticia de la gracia concedida a la persona de la que le había hablado, y pidió de nuevo autorización para visitar la cárcel.

Descontento por tener que hablar de asuntos de servicio durante la cena, el general frunció las cejas sin responder nada.

-¿Quiere usted aguardiente?- preguntó en francés al inglés, que se acercaba. Éste bebió un vasito y contó que durante el día había visitado la catedral y una fábrica y que deseaba ver todavía la cárcel principal.

-¡He aquí una combinación perfecta!- exclamó el general dirigiéndose a Nejludov-. Irán ustedes juntos. Extiéndales un pase- dijo al ayudante de campo.

-¿Cuándo quiere usted ir?- preguntó Nejludov al inglés.

-Prefiero visitar las cárceles al anochecer, cuando todos los presos están en sus celdas, nadie espera una visita y todo está como de costumbre.

-¡Ah, quiere ver la cosa en toda su belleza! ¡Pues que la contemple! Por mi parte, escribo y advierto y no me escuchan. ¡Que aprendan ahora por los periódicos extranjeros!-dijo el general, acercándose a la gran mesa donde ya la dueña de la casa iba colocando a sus invitados.

Nejludov estaba sentado entre ella y el inglés; tenía enfrente a la hija del general y al ex jefe de departamento.

Se empezó a conversar sin orden ni concierto: ora se hablaba de la India, que el inglés conocía bastante a fondo; ora de la expedición de Tonkín, juzgada severamente por el general; ora de las malversaciones sistemáticas en Siberia, cosas todas que sólo a medias interesaban a Nejludov.

Pero después de la cena, tomando el café en el saloncito, se entabló una discusión interesante entre la dueña de la casa y el inglés a propósito de Gladstone. Habiendo tomado parte Nejludov, pudo enorgullecerse de haber dicho cosas inteligentes y admiradas por su auditorio. Después de una buena comida acompañada de vino y de café, Nejludov, hundido en una blanda butaca, entre gente afable y distinguida, se sintió invadido de un bienestar cada vez más agradable. Y cuando, a ruegos del inglés, la generala se puso al piano con el ex jefe de departamento y atacaron con maestría la quinta sinfonía de Beethoven, Nejludov experimentó un contento de sí mismo como no lo había sentido desde hacía mucho tiempo, como si hasta entonces no acabara de descubrir qué excelente hombre era.

El piano era perfecto, y la ejecución de la sinfonía no le cedía en nada. Por lo menos, Nejludov, quien conocía y amaba aquella sinfonía, lo juzgó así. Al escuchar el admirable andante, sintió un temblor en las aletas de la nariz provocado por su enternecimiento sobre sus propias cualidades.

Dio las gracias a la virtuosa por aquel placer que no había saboreado desde hacía tanto tiempo; se levantaba para despedirse, cuando la hija del general se acercó a él con aire resuelto y, toda ruborizada, le dijo:

-Me preguntó usted por mis hijos; ¿le gustaría verlos?

-Ella cree que todo el mundo se interesa por sus hijos- dijo la madre, sonriendo ante la encantadora falta de tacto de su hija-; eso le tiene sin cuidado al príncipe.

-Al contrario, me interesa muchísimo- replicó Nejludov, conmovido por aquel desbordante amor maternal-. ¡Enséñemelos, se lo ruego!

-¡Ella conduce al príncipe para mostrarle sus retoños!- exclamó riendo el general, desde la mesa de juego donde estaba sentado en compañía de su yerno, del propietario de minas de oro y del ayudante de campo-. ¡Pague, pague usted su tributo!

Pero la joven, emocionada ya por el juicio que iban a dar sobre sus hijos, precedía a Nejludov con paso rápido, dirigiéndose hacia las habitaciones particulares. En la tercera estancia, alta, tapizada de blanco, alumbrada por una lámpara de mesa con pantalla oscura, estaban colocadas dos camitas; entre ellas se encontraba sentada, con pelerina blanca, la niñera, una siberiana de pómulos salientes. Se levantó y saludó con deferencia. La madre se inclinó encima de la primera cama.

-Ésta es Katia- dijo, apartando la colcha de punto que envolvía a una niñita de dos años, de largos cabellos, que dormía apaciblemente con la boquita abierta-. ¿Qué le parece?

No tiene más que dos años.-

-Encantadora.

-Y éste se llama Vassili, como su abuelo. Es de un tipo completamente distinto, un verdadero siberiano, ¿verdad?

-Sí, un chiquillo espléndido- dijo Nejludov contemplando al niño, que dormía boca abajo.

-¿Verdad que sí?- dijo la madre, con una sonrisa significativa.

Nejludov se acordó de pronto de las cadenas, de las cabezas rapadas, los golpes, el desenfreno, el moribundo Kryltsov, Katucha; y le invadió el deseo de una felicidad análoga, tan elegante y que le parecía tan pura.

Después de haber, en cierto modo, encantado a la madre con alabanzas repetidas a sus hijos, la siguió al saloncito, donde el inglés lo aguardaba para ir con él a la cárcel, como habían convenido. Cuando se hubieron despedido de sus agradables compañeros, viejos y jóvenes, Nejludov y el insular salieron a la escalinata.

El tiempo había cambiado. Los copos de nieve caían rápidos y ya habían recubierto las alamedas, los tejados, los árboles del jardín, la escalinata, la capota de los coches y el lomo de los caballos. El inglés tenía su calesa, y Nejludov indicó al cochero de ésta que se dirigiese a la cárcel; luego montó en su coche y, con el sentimiento de quien cumple una penosa obligación, siguió al inglés.

XXV

El sombrío edificio de la cárcel, con su centinela y su farol bajo la bóveda de la puerta, producía, a pesar del velo blanco quo ahora lo recubría por completo, una impresión lúgubre.

El imponente director bajó hasta la puerta y leyó a la luz del farol el pase entregado a Nejludov y al inglés y manifestó su sorpresa con un movimiento de hombros, pero como se trataba de una orden, invitó a los visitantes a seguirlo. Los condujo primeramente al patio, y luego, por la puerta de la derecha y por una escalera, hasta el despacho. Los invitó a sentarse y les preguntó en qué podía servirlos; ante el deseo expresado por Nejludov de ver inmediatamente a Maslova, la mandó llamar y se preparó a responder a las preguntas que el inglés quería hacerle antes de visitar las celdas.

-¿Cuántos detenidos debe contener esta prisión?- preguntó el inglés por intermedio de Nejludov- ¿Cuántos presos hay actualmente? ¿Cuántos hombres, mujeres y niños? ¿Cuántos forzados, deportados y parientes que siguen libremente a los condenados? ¿Cuántos enfermos?

Nejludov traducía las palabras del inglés y del director sin fijarse en su sentido, turbado como estaba de antemano, con gran sorpresa suya, por la conversación que iba a tener. Cuando, en medio de la frase quo traducía, oyó pasos quo se acercaban y la puerta del despacho quo se abría, aunque eso había ocurrido ya tantas votes y ésta sin duda debía de ser la última, cuando el vigilante entró seguido por Katucha en camisola de presa, la cabeza envuelta en un pañuelo, sintió a su vista un sentimiento penoso y hostil.

«¡Quiero vivir!, ¡quiero tener una familia, hijos; quiero una existencia de hombre!» Todo aquello atravesó rápidamente su cerebro mientras, con paso seguro, ella entraba en la estancia.

Él se levantó y fue a su encuentro. Ella no dijo nada aún, pero su animado rostro lo impresionó. Aquel rostro irradiaba una decisión entusiasta. Nunca la había visto él asi: ella enrojecía y palidecía; sus dedos enrollaban febrilmente el borde de su camisola mientras sus ojos se levantaban hacia él y se bajaban alternativamente.

-¿Sabe usted que le han concedido la gracia?- le preguntó Nejludov.

-Sí, me lo dijo el vigilante.

-De forma que, en cuanto se reciba el aviso oficial, podrá usted salir de la cárcel a instalarse donde quiera. Tendremos que pensar en ello...

-No hay nada que pensar. Estaré donde esté Vladimir Ivanovitch- le interrumpió ella con viveza.

A pesar de toda su emoción y de tener los ojos alzados hacia Nejludov, había dicho aquello con una voz breve y clara, como si todo lo que tuviera que decir lo hubiese ya preparado.

-¿De verdad?- preguntó Nejludov.

-Sí, porque Vladimir Ivanovitch quiere que yo viva con él...- se detuvo, como espantada, y, reprimiéndose, continuó-: Quiere que esté con él. ¿Qué más puedo pedir? Debo considerar eso como una felicidad. ¿Qué más necesito?

«Una de dos: o ella ama a Simonson y no desea en modo alguno aceptar el sacrificio quo yo creía hacerle, o bien continúa queriéndome y, si renuncia a mí, lo hace por mi bien. Quema para siempre sus naves uniendo su destino al de Simonson», pensó Nejludov. Y le dio vergüenza, ruborizándose.

-Si usted lo ama...- dijo él.

-¿Amar, no amar? ¡Ya no pienso en eso! Por lo demás, Vladimir Ivanovitch no es un hombre como los otros.

-Sí..., desde luego...- balbuceó Nejludov-, es un hombre excelente y, a mi juicio...

Ella volvió a interrumpirlo, como si tuviese miedo de oírle pronunciar una palabra de más o que ella misma no pudiese decir todo lo que tenía que decir.

-Perdóneme, Dmitri Ivanovitch, si no obro conforme a los deseos de usted-le dijo ella, clavándole en los ojos su mirada indirecta y misteriosa-. Sí, es el destino. Usted tiene necesidad de vivir, usted también.

Estaba diciéndole precisamente lo que él mismo acababa de decirse hacía unos momentos.

Pero ahora ya no pensaba así; por el contrario, sus sentimientos y sus pensamientos eran completamente distintos. No solamente tenía vergüenza, sino que lamentaba todo lo que perdía con ella.

-No me esperaba esto- dijo.

-Pero usted, por su parte, ¿para qué seguir aquí y atormentarse? Bastante se ha atormentado ya.

No me he atormentado lo más mínimo. Al contrario, me sentía muy bien y quisiera aún ser de alguna utilidad, si eso es posible.

-¿Sernos de alguna utilidad?- ella dijo « sernos» y miró a Nejludov-. No tenemos necesidad de nada. Bastante en deuda estoy ya con usted: si no hubiese sido por usted...

Ella quería añadir algo, pero su voz se alteró.

-No es usted quien tiene que estarme agradecida...

-¿Para qué hablar de eso? Dios ajustará nuestras cuentas- murmuró ella. Y las lágrimas humedecieron sus negros ojos.

-¡Qué mujer tan excelente es usted!

-¿Yo, excelente?- dijo ella a través de sus lágrimas, y una sonrisa turbada apareció en su rostro.

-Are you ready?- preguntó el inglés en aquel momento.

-Directly!- respondió Nejludov: E interrogó a Katucha a propósito de Kryltsov.

Ella se recuperó de su emoción y contó con calma lo que sabía. Muy debilitado por el viaje, Kryltsov había sido llevado inmediatamente al hospital. María Pavlovna había pedido instalarse junto a él como enfermera; pero le habían negado la autorización.

-Entonces, ¿me retiro?- preguntó ella al ver que el inglés aguardaba.

-No le digo adiós. Volveré a verla- dijo Nejludov tendiéndole la mano.

-Perdone-murmuró ella, con una voz apenas perceptible.

Sus ojos se encontraron y, en su extraña y vaga mirada, después de la sonrisa turbada que había subrayado aquel «perdone» y no «adiós», Nejludov comprendió que de las dos causas a las que había pensado poder atribuir la decisión de Katucha, la segunda era la verdadera: lo quería a él, a Nejludov, y creía que le estropearía la existencia uniéndose con él; en cambio, siguiendo a Simonson, liberaba a Nejludov. Y ahora se sentía dichosa por haber cumplido lo que había deseado, pero al mismo tiempo sufría por tener que separarse de él.

Le estrechó la mano, se apartó vivamente y se fue.

Nejludov se volvió hacia el inglés, dispuesto a seguirlo; pero éste tomaba apuntes en su libro de notas.

Sin molestarlo, Nejludov se dejó caer sobre un banco de madera colocado cerca de la pared y sintió de pronto un profundo cansancio. Estaba cansado, no por las noches sin sueño, las fatigas del viaje y las emociones vividas, sino cansado horriblemente de la vida toda. Se apoyó en el respaldo, cerró los ojos y se durmió de pronto con un sueño de muerte.

-Bueno, ¿quiere usted ahora visitar las celdas?- preguntó el director.

Nejludov volvió en sí y paseó una mirada de asombro por los alrededores. El inglés había acabado de tomar notas y quería ver las celdas. Nejludov, fatigado, indiferente, se dispuso a seguirlo.

XXVI

Después de haber franqueado el vestíbulo y el corredor, infectos hasta la náusea, y donde, con gran asombro para ellos, vieron a dos presos orinar sin reparo sobre el entarimado, el director, el inglés y Nejludov penetraron en la primera sala de los condenados de derecho común.

Allí, sobre camastros de tablas que ocupaban todo el centro, había presos ya acostados. Eran aproximadamente unos setenta, tendidos cabeza contra cabeza, costado contra costado. A la entrada de los visitantes, todos, con un tintineo de cadenas, se levantaron vivamente y se alinearon junto a las camas; recién rapados, sus cráneos relucían. Dos de ellos habían seguido acostados: un joven que ardía de fiebre y un viejo que no dejaba de gemir.

El inglés preguntó si el preso joven estaba enfermo desde hacía tiempo. El director respondió que solamente desde por la mañana; en cuanto al viejo, sufría del estómago desde hacía cierto tiempo, pero no había otro sitio donde colocarlo, porque la enfermería estaba atestada. El inglés hizo un movimiento de cabeza desaprobador y expresó el deseo de decir algunas palabras a aquellos hombres. Le rogó a Nejludov que le sirviese de intérprete. Su viaje tenía, pues, dos fines: describir los lugares de deportación de Siberia y predicar la salvación por la Fe y la Redención.

-Dígales que Cristo ha tenido piedad de ellos, los ha amado y ha muerto por ellos. Si creen en Él, se salvarán.

Mientras hablaba, todos los presos permanecían silenciosos ante sus camas, en una actitud militarmente respetuosa.

-Dígales- concluyó- que en este libro está dicho todo. ¿Hay algunos que sepan leer?

Había más de veinte. El inglés sacó de su bolsa algunos ejemplares encuadernados del Nuevo Testamento; manos musculosas, de uñas negras y sólidas, se tendieron hacia él procurando apartarse mutuamente. En aquella celda dio dos evangelios, y pasó a la siguiente.

Aquí, todo transcurrió lo mismo. La misma falta de aire, la misma hediondez; igualmente, entre las ventanas, había colgado un icono, y a la izquierda de la puerta estaba la cubeta; lo mismo, amontonados uno contra otro, estaban tendidos los presos; con los mismos movimientos se levantaron y adoptaron la misma actitud rígida; aquí igualmente tres hombres no abandonaron sus camas: dos se incorporaron y se sentaron, en tanto que el otro permanecía acostado, sin mirar siquiera a los visitantes. Estaban enfermos. El inglés repitió el mismo discurso y dio igualmente dos evangelios.

En la tercera sala se oían vociferaciones y ruidos. El director llamó y gritó: «¡Silencio!» Cuando se abrió la puerta, todos se alinearon análogamente al lado de las camas, excepto algunos enfermos; dos de los presos estaban golpeándose, el rostro desfigurado por la cólera, agarrando éste los cabellos, aquél la barba de su adversario, y no se soltaron más que cuando se interpuso un vigilante. Uno tenía la nariz ensangrentada y por la cara le corrían mocos, saliva y sangre, que se secaba con la manga del caftán. El otro se retiraba los pelos arrancados de su barba.

-¡El starosta! - gritó severamente el director.

Avanzó un mocetón guapo y fuerte.

-Imposible dominarlos, señoría- dijo con una alegre sonrisa en los ojos.

-Bueno, yo los dominaré- replicó el director frunciendo las cejas.

-What did they fight for?- preguntó el isleño.

Nejludov preguntó al starosta la causa de aquella riña.

-Se ha metido en lo que no le importaba- respondió el starosta, siempre sonriendo -Le dio un empujón y el otro le ha pagado con la misma moneda.

Nejludov tradujo al inglés.

-Quisiera decirles algunas palabras- dijo este último, dirigiéndose al director.

Habiendo traducido Nejludov, el director respondió:

-Puede hacerlo.

E1 inglés sacó entonces su evangelio encuadernado en tafilete.

-Traduzca usted entonces esto, por favor: «Vosotros os habéis peleado, os habéis golpeado. Y Cristo, que murió por nosotros, nos dio otro medio de resolver nuestras querellas.» Pregúnteles si saben cómo, según la ley de Cristo, hay que tratar a un hombre que nos ofende.

Nejludov tradujo las palabras y la pregunta del inglés.

Presentar queja a la autoridad; ella impondrá la justicia- respondió uno de ellos, mirando de soslayo al imponente director.

Pegar fuerte, y entonces ya no te ofenderá más otro.

Se dejaron oír algunas ligeras risas de aprobación, y Nejludov tradujo estas respuestas al inglés.

-Dígales que, según la ley de Cristo, hay que hacer precisamente lo contrario. Si lo golpean en una mejilla, ofrece la otra- dijo el inglés, avanzando la suya para recalcar sus palabras.

Nejludov tradujo.

-¡Que lo pruebe entonces!-dijo una voz.

-Y si lo abofetea en la otra también, ¿qué hay que ofrecer luego?- dijo uno de los enfermos.

-¡Pues lo convertirá en un guiñapo entonces!

-¡Que haga la prueba un poco!- gritó una voz por la parte de atrás, con una risa que contagió a toda la sala; el golpeado mismo rio a través de su sangre y de sus mocos, y el enfermo igualmente.

Sin inmutarse, el inglés le respondió que lo que les parecía imposible se hacía posible y fácil para el creyente.

-Y pregúnteles si beben.

-Desde luego- respondió una voz que suscitó nuevas carcajadas.

En aquella sala había cuatro enfermos. Habiendo preguntado el inglés por qué no los reunían a todos en una sola habitación, el director respondió que ellos mismos no lo querían. Por lo demás, sus enfermedades no eran contagiosas, y el practicante les prestaba sus cuidados.

-Ya hace dos semanas que no se le ve el pelo por aquí-dijo una voz.

El director no respondió y condujo a los visitantes a otra sala. De nuevo todos los presos se alinearon en silencio y de nuevo el inglés distribuyó sus evangelios. Igual operación en la quinta y en la sexta sala, a derecha a izquierda.

Después de visitar a los forzados, hubo la visita a los deportados, luego a los desterrados por sus ayuntamientos, y a continuación a los que seguían voluntariamente a sus parientes presos. En todas partes el mismo espectáculo: por doquier los mismos hombres que padecían frío y hambre, ociosos, enfermos, degradados, encerrados y mostrados como bestias salvajes.

El inglés, que había distribuido el número fijado de sus evangelios, no daba ya nada ni tampoco pronunciaba discursos. El penoso espectáculo, y sobre todo la pesada atmósfera, habían acabado por apagar su ardor, y caminaba a través de las celdas acogiendo simplemente con un «All right!» las explicaciones suministradas por el director sobre la clase de los presos.

Nejludov caminaba como en un sueño y, víctima de la misma fatiga y de la misma desesperanza, no tenía fuerzas para abandonar a su compañero.

XXVII

En una de las celdas de deportados, Nejludov, con gran asombro por su parte, vio al extraño viejecillo al que había conocido por la mañana en la balsa. El harapiento, todo arrugado, iba vestido ahora con una camisa grisácea, sucia, desgarrada por el hombro, y con un pantalón de la misma tela; descalzo, estaba sentado en el suelo, con aire grave, y su mirada escrutaba a los visitantes. Su cuerpo esquelético, que se divisaba por el desgarrón de su camisa, era un espectáculo lastimoso; pero el rostro tenía una expresión aún más reflexiva y animada que por la mañana.

Como en las demás celdas, todos los presos se levantaron bruscamente y adoptaron una actitud militar ante la autoridad. Pero el viejo se había quedado sentado. Sus ojos chispeaban y sus cejas se fruncían bajo el imperio de la cólera.

-¡Levántate!-le gritó el director.

El viejo no se movió y se limitó a sonreír con desprecio.

Son tus lacayos los que se ponen en pie delante de ti, y yo no soy lacayo tuyo. Llevas la marca...- exclamó el viejo, señalando la frente del director.

-¿Cómo?- rugió éste con tono amenazador y avanzando hacia él.

-Yo conozco a ese hombre- se apresuró a decir Nejludov-. ¿Por qué te han detenido?

-La policía nos lo ha enviado por vagabundo. Aunque les pedimos que no nos traigan más gente, siguen haciéndolo dijo el director, lanzando al viejo una mirada de soslayo.

Así, pues, también tú eres del ejército del Anticristo, por lo que veo- dijo el viejo, volviéndose hacia Nejludov.

No, soy un visitante.

-Entonces, has venido para ver cómo el Anticristo atormenta a los hombres, ¿no? Pues bien, contempla. Ha recogido todo un ejército de hombres y los ha encerrado en una jaula. Los hombres deben comer su pan con el sudor de su frente, y he aquí que él los ha amontonado como a cerdos y los alimenta sin hacerlos trabajar, para que se conviertan en bestias feroces.

-¿Qué dice?- preguntó el inglés.

Nejludov explicó que el viejo criticaba al director de la prisión porque retenía a los hombres en cautividad.

-Pregúntele cómo entonces, a juicio suyo, habría que tratar a los que no cumplen la ley- dijo el inglés.

Nejludov tradujo la pregunta.

El viejo tuvo una sonrisa singular que descubrió sus apretados dientes.

-¡La ley!- repitió con desprecio-. Primeramente él ha despojado a todo el mundo, les ha quitado a todos toda la tierra, todas las riquezas, ha derrotado a todos aquellos que se le oponían; y luego, ha escrito su ley, que prohíbe despojar y matar. ¡Habría debido empezar escribiendo esa ley!

Nejludov tradujo. El inglés se puso a sonreír.

-Pero, de cualquier forma, pregúntele qué se debe hacer ahora con los ladrones y los asesinos.

Habiendo traducido de nuevo Nejludov, el viejo se ensombreció.

-Dile que se quite la señal del Anticristo; entonces no habrá para él ni ladrones ni asesinos. Díselo así.

-He is crazy!- dijo el inglés, quien salió de la sala encogiéndose de hombros.

-Haz lo que debes y no te preocupes de los demás. Cada uno para sí. Dios sabe qué hay que castigar y qué hay que perdonar, y nosotros no lo sabemos- siguió diciendo el viejo-. Sé tú mismo tu amo; entonces no habrá ya necesidad de amos. ¡Vete, vete!- añadió con mal humor, con los ojos encendidos, vuelto hacia Nejludov, quien se demoraba- ¿Has visto ya como los servidores del Anticristo nutren los piojos con carne humana? ¡Vete, vete!

Nejludov salió al corredor y se reunió con el inglés, quien se había detenido con el director cerca de una puertecita abierta y le hacía preguntas sobre el destino de aquella habitación. Era el depósito de cadáveres.

-¡Ah!- dijo el inglés, y quiso entrar.

En la estrecha celda, una lamparita adosada a la pared alumbraba débilmente cuatro cuerpos tendidos sobre las tablas, las plantas de los pies dirigidas hacia la puerta. El primer cadáver, con camisa de tela basta y en calzoncillos, era el de un hombre de gran estatura, con una barbita puntiaguda y el cráneo semirrapado. El cadáver estaba ya frío; tenía las azulencas manos cruzadas sobre el pecho; los pies, descalzos, estaban apartados y abiertos hacia afuera. A su lado se encontraba una vieja con falda y camisola blancas, igualmente descalza, con una escasa y corta mata de cabellos, cara arrugada, amarilla como el azafrán. Cerca de ella, otro cadáver de hombre, con una blusa malva. Este color llamó la atención de Nejludov.

Se acercó y se puso a examinar el cadáver.

Una pequeña barbita se alzaba al aire, una bonita nariz firme, una frente alta y blanca, cabellos ralos y ondulados. Empezaba a reconocer aquellos rasgos y no podía dar crédito a sus ojos. El día anterior había visto aquel rostro animado por la indignación y el sufrimiento; lo volvía a encontrar hoy tranquilo, inerte y terriblemente bello. Sí, era desde luego Kryltsov, o por lo menos los restos de su existencia material. «¿Para qué ha sufrido? ¿Para qué ha vivido? ¿Lo comprendió, en el último momento?», pensaba Nejludov. Y le parecía que no había respuesta, que no había nada, excepto la muerte; y le invadió un gran malestar. Abandonó bruscamente al inglés, rogó al vigilante que lo guiara al patio y, sintiendo la necesidad de estar solo a fin de meditar sobre todo lo que había experimentado aquella tarde, regresó a su hotel.

XXVIII

En lugar de acostarse, Nejludov estuvo mucho tiempo andando de un lado a otro por su habitación. Sus relaciones con Katucha habían terminado, y el pensamiento de serle inútil en lo sucesivo lo llenaba de tristeza y de vergüenza. Pero no era aquello lo que ahora lo inquietaba. Una obra diferente, lejos de estar acabada, lo atormentaba por el contrario con más fuerza que nunca y exigía que pasara a la acción. Todo el mal horrible que había visto y comprobado en aquellos últimos tiempos, particularmente aquella tarde, en aquella horrible prisión, todo aquel mal que había aniquilado, entre otros, al buen Kryltsov, triunfaba y reinaba sin que él entreviese el medio, no ya de vencerlo, sino ni siquiera de combatirlo.

Volvía a ver aquellos centenares y aquellos millares de hombres degradados, encerrados en un medio pestilente por generales, fiscales, directores de cárceles acorazados de indiferencia. Se acordó del extraño viejo que afrentaba libremente a las autoridades y al que se tenía por loco, y, entre los cadáveres, se acordaba del bello rostro de cera de Kryltsov, muerto en el odio. Y su pregunta frecuente, de saber quién estaba loco, si él o los demás que hacían todo aquello jactándose de su cualidad de seres razonables, esa pregunta se le planteaba con nueva fuerza, sin que hallase respuesta para la misma.

Cansado de caminar, se sentó en el diván, ante la lámpara, y maquinalmente abrió el evangelio que el inglés le había dado y que había arrojado sobre la mesa al vaciar sus bolsillos.

«Dicen que aquí se encuentra una solución a todo», pensó. Y, después de abrir al azar, se puso a leer la página que cayó bajo sus ojos. Era el capítulo XVIII según San Mateo:

1. En aquel momento se acercaron los discípulos a Jesús, diciendo: ¿Quién será el más grande en el reino de los cielos?

2. Él, llamando a sí a un niño, le puso en medio de ellos,

3. y dijo: En verdad os digo, si no os volviereis y os hiciereis como niños, no entraréis en el reino de los cielos.

4. Pues el que se humillare hasta hacerse como un niño de estos, ése será el más grande en el reino de los cielos.

« ¡Sí, sí, qué verdad es eso!», se dijo, al recordar la calma la alegría de vivir que había experimentado en la medida en que se había humillado.

5. Y el que por mí recibiere a un niño como éste, a mí me recibe;

6. y al que escandalízare a uno de estos pequeñuelos que creen en mí, más le valiera que le colgasen al cuello una piedra de molino de asno y le arrojaran al fondo del mar.

«¿Por qué dice aquí: a mí me recibe? ¿Y dónde recibe Él? ¿Y qué significa el que por mí?», se preguntó, sintiendo que aquellas palabras no le decían nada. « ¿Y qué significa al cuello una piedra de molino y al fondo del mar?», siguió diciéndose, recordando que en varias ocasiones, en el curso de su vida, había empezado a leer el evangelio y que, todas las veces, la oscuridad de semejantes pasajes lo había apartado de él.

Leyó también los versículos 7, 8, 9 y 10, que tratan de las seducciones, de su necesidad sobre esta tierra, del castigo por la gehena del fuego adonde serán precipitados los hombres, y de ciertos ángeles de los niños que ven la faz del Padre celestial.

« ¡Qué lástima que esto sea tan ambiguo!- pensaba él-. Sin embargo, siento que hay aquí algo hermoso.» Continuó leyendo:

11. Porque el Hijo del hombre ha venido a salvar lo perdido.

12. ¿Qué os parece? Si uno tiene cien ovejas y se le extravía una, ¿no dejará en el monte las noventa y nueve a irá en busca de la extraviada7

13. Y si logra hallarla, cierto que se alegrará por ella más que por las noventa y nueve que no se habían extraviado.

14. Así os digo: En verdad que no es voluntad de vuestro Padre, que está en los cielos, que se pierda ni uno solo de estos pequeñuelos.

«Sí, no es la voluntad del Padre que perezcan, y sin embargo helos aquí que perecen por centenares y por millares. Y no hay ningún medio de salvarlos.»

21. Entonces se le acercó Pedro y le preguntó: Señor, ¿cuántas veces he de perdonar a mí hermano si peca contra mí? ¿Hasta siete veces?

22. Dícele Jesús: No digo yo hasta siete veces, sino hasta setenta veces siete.

23. Por esto se asemeja el reino de los cielos a un rey que quiso tomar cuentas a sus siervos.

24. A1 comenzar a tomarlas se le presentó uno que le debía diez mil talentos.

25. Como no tenía con qué pagar, mandó el señor que fuese vendido él, su mujer y sus hijos y todo cuanto tenía, y saldar la deuda.

26. Entonces el siervo, cayendo de hinojos, dijo: Señor, dame espera y te lo pagaré todo.

27. Compadecido el señor del siervo aquel, le despidió, condonándole la deuda.

28. En saliendo de allí, aquel siervo se encontró con uno de sus compañeros, que le debía cien denarios, y agarrándole le ahogaba, diciendo: Paga lo que debes.

29. De hinojos le suplicaba su compañero, diciendo: Dame espera y lo pagaré.

30. Pero él se negó, y le hizo encerrar en la prisión hasta que pagara la deuda.

31. Viendo esto sus compañeros, les desagradó mucho, y fueron a contar a su señor todo lo que pasaba.

32. Entonces hizole llamar el señor, y le dijo: Mal siervo, te condoné yo toda tu deuda, porque me lo suplicaste.

33. ¿No era, pues, de ley que tuvieses tú piedad de tu compañero, como la tuve yo de ti?

-¿Será entonces únicamente eso?- exclamó de repente Nejludov después de la lectura de aquellas palabras. Y una voz interior, emanada de todo su ser, le respondió: «Sí, no es más que eso.»

Y le ocurrió a Nejludov lo que ocurre a menudo a los hombres que viven la vida del espíritu. Ocurrió que el pensamiento que le parecía al principio extraño, paradójico, casi fantástico y del que se encuentra en la vida una confirmación cada vez más frecuente, se presentó a él, de pronto, como una verdad muy simple y de una absoluta certeza. Así, comprendió duramente, en aquel instante, aquel pensamiento de que el medio único y cierto de salvar a los hombres del espantoso mal que sufren consiste simplemente en que se reconozcan siempre culpables para con Dios, y, por consiguiente, indignos de castigar o de corregir a sus semejantes. Para Nejludov se puso en claro que el terrible mal del que había sido testigo en las cárceles, y la calma, la seguridad de quienes lo cometían, provienen de que los hombres quieren cumplir una obra imposible: reprimir el mal, siendo así que ellos mismos son malos.

Hombres viciosos quieren hacer mejores a otros hombres viciosos y creen poder lograrlo con procedimientos mecánicos. Y de eso se sigue que seres codiciosos y rapaces que han escogido como profesión aplicar esos supuestos castigos y mejoramientos humanitarios, se pervierten ellos mismos hasta el último extremo, al igual que pervierten a quienes hacen sufrir.

Ahora veía claramente cuál era el origen de aquellos horrores a los que había asistido y lo que era preciso hacer para suprimirlos. La respuesta que él no había podido encontrar era la que Cristo le había dado a Pedro: perdonar siempre, todos, una infinidad de veces; porque no existe hombre que esté indemne de toda falta y a quien, por consiguiente, le esté permitido castigar o corregir.

«¡No, es imposible que la cosa sea tan simple!», se decía Nejludov. Y, sin embargo, comprobaba con evidencia que, por extraño que aquello le hubiera parecido al principio, y acostumbrado como estaba a lo contrario, fuera ésa la solución verdadera, no solamente teórica, sino absolutamente práctica, de la cuestión.

Aquella objeción habitual: «¿Qué hacer de los criminales? ¿Habría, pues, que dejarlos impunes?» no lo turbaba ya. Habría podido tener un valor si se hubiese demostrado que el castigo disminuye la criminalidad o corrige a los criminales; pero cuando se ha probado que ocurre lo contrario, cuando se comprende que no está en las facultades de unos corregir a otros, la única cosa razonable que se puede hacer es renunciar a actos inútiles, incluso perjudiciales, así como inmorales y crueles. «Hace siglos que os encarnizáis contra hombres a los que llamáis criminales. Y qué, ¿habéis reducido su número? No solamente no lo habéis disminuido, sino que habéis aumentado, tanto el número de los criminales a los que los castigos han pervertido, como el número de esos magistrados, fiscales y carceleros que juzgan y que condenan a los hombres.»

Desde entonces, Nejludov comprendió que el estado social actual existe, no gracias a que criminales legales juzgan a sus semejantes, sino porque, a despecho de esta perversión, los hombres tienen, a pesar de todo, piedad y amor unos por otros. Con la esperanza de encontrar la confirmación de este pensamiento en aquel mismo evangelio, Nejludov se puso a leerlo desde el principio. Después del Sermón de la montaña, que siempre lo había conmovido, leyó por primera vez aquella noche, no ya bellos pensamientos abstractos que exigen de nosotros una conducta imposible de seguir, sino mandamientos simples, claros, prácticamente realizables, y que bastaría cumplir para establecer una organización social completamente nueva y no solamente hacer desaparecer, por la fuerza de las cosas, la violencia que indignaba tanto a Nejludov, sino realizar además la mayor felicidad que le sea dado alcanzar a la humanidad: el reino de Dios sobre la tierra.

Estos mandamientos eran en número de cinco:

El primer mandamiento (San Mateo, 5, 21 26) enseña al hombre que no solamente no debe matar a su hermano, sino también que no debe irritarse contra él, ni considerar a nadie como estando por debajo de él, «raca», y que, si se querella con alguien, debe reconciliarse con él antes de hacer a Dios alguna ofrenda, es decir, antes de rezar.

El segundo mandamiento (San Mateo, 5, 27 32) enseña al hombre que no solamente no debe cometer adulterio, sino abstenerse también de desear la belleza de la mujer; y que debe, una vez unido a una mujer, no traicionarla nunca.

El tercer mandamiento (San Mateo, 5, 33 37) prohíbe al hombre prometer lo que quiera que sea por juramento.

El cuarto mandamiento (San Mateo, 5, 38 42) prescribe al hombre no solamente no devolver ojo por ojo, sino también, después de haber sido golpeado en una mejilla, ofrecer la otra; perdonar las ofensas, soportarlas con resignación, no negar a sus semejantes nada de to que le piden.

El quinto mandamiento (San Mateo, 5, 43 48) no solamente prohíbe odiar al enemigo, sino que prescribe también amarlo, acudir en su ayuda y servirlo.

Nejludov clavó su mirada en la luz de la lámpara y permaneció inmóvil. Recordó toda la bajeza de nuestra vida y se imaginó con claridad lo que ella podría ser si los hombres fuesen educados en estos preceptos, y un entusiasmo que hacía mucho tiempo que no experimentaba invadió su alma. Se hubiera dicho que después de largos sufrimientos, recobraba de pronto la calma y la libertad.

No durmió en toda la noche, y, como sucede a mucha gente que lee el evangelio, comprendía por primera vez todo el alcance de aquellas palabras hasta entonces insospechadas. Como la esponja hace con el agua, se empapaba con todo lo que aquel libro revelaba de necesario, de importante y de consolador. Y todo lo que él leía confirmaba lo que sabía ya desde hacía mucho tiempo, pero en lo que no había creído hasta entonces. ¡Y ahora creía!

No solamente creía que, siguiendo esos mandamientos, los hombres deben alcanzar la mayor felicidad posible, sino que, además, tenía conciencia de que cualquier hombre no tiene otra cosa que hacer que seguirlos, porque en ellos reside el único sentido razonable de la vida, y apartarse de ellos es una falta que reclama inmediatamente el castigo. Esto resultaba de la doctrina entera, pero había sido expresado sobre todo, con una claridad y una fuerza particulares, en la parábola de los viñadores. Los viñadores se habían imaginado que el huerto adonde se les envió a fin de trabajar allí para su dueño era propiedad de ellos; que todo lo que allí se encontraba era de ellos solos; que toda su obra consistía en gozar allí de la existencia, olvidando al dueño, matando a los que se lo recordaban y liberándose de todo deber para con él.

«Es lo que hacemos también nosotros- pensaba Nejludov-. Vivimos en esta seguridad insensata de que somos nosotros mismos los dueños de nuestra vida y que nos es dada únicamente para gozar de ella. Sin embargo, eso es un evidente desatino. Si somos enviados aquí, es gracias a una voluntad cualquiera y con un fin fijado. Nos imaginamos que vivimos para nuestra propia alegría, y si nos encontramos mal es porque, como los viñadores, no cumplimos la voluntad del dueño. Ahora bien, la voluntad del dueño está expresada en estos mandamientos. Que los hombres sigan solamente esta doctrina, y el reino de Dios se establecerá sobre la tierra, y los hombres podrán adquirir la mayor felicidad que les es accesible.»

«Buscar el reino de Dios y su verdad, y el resto os será dado por añadidura.»

«Pero nosotros buscamos el resto y no lo encontramos.»

«¡He aquí, pues, la obra de mi vida! ¡Una acaba, la otra comienza! »

Desde aquella noche empezó para Nejludov una vida nueva y no tanto desde el punto de vista de las condiciones de vida diferentes con que se rodeó, sino porque todo lo que le ocurriría en lo sucesivo tendría para él una significación muy distinta que en el pasado.

El porvenir mostrará cómo acabará este nuevo período de su vida.

FIN